エルドラードの孤児

エルドラードの孤児

ミウトン・ハトゥン　武田千香訳

水声社

本書は、武田千香の編集による
〈ブラジル現代文学コレクション〉の
一冊として刊行された。

目次

母へ

君は言う。「おれは別の土地に行く、別の海に行く。
ここよりもっといい町をみつける。
すべてのおれの努力は書き記された宣告、
そしておれの心は、死者のと同様に、埋葬されている。
いったいいつまでおれの魂はこの無気力に留まるのか？
おれが見るところは、おれの視線が届くところはすべて
暗黒の廃墟となったおれの人生が見えるだけ。
おれが何年も過ごし、破滅させ、持ち腐れにしたところ」。

新しい土地をみつけることはおまえにはできん、別の海もみつけられん。
町がおまえについていく。おまえはあてどなく歩くだろう
同じ道を。同じ地区で歳をとり、
髪は同じ家で白くなる。
行き着くのは常にこの町。別のところに行くなど期待するな、
おまえのための舟や道はない。
おまえの人生をここで蕩尽したように
この一角で、おまえはそれを地球全域で壊滅させたのだ。
――コンスタンティノス・カバフィス「町」一九一〇年

女の声があまりに大勢の人の注意を引いたもんで、おれは先生の家を抜け出し、アマゾンの河岸へ行った。あるインディオの女、町に住むタプイア*のある女が、なにかを言って川のほうを指さしていた。顔の模様は覚えてないが、線の色は覚えている。赤、ベニノキ《ウルクン》

* もともとは、トゥピ語を話さないインディオを指す言葉。この小説では、白人の支配下に入り、自らの文化の多くを失ったインディオを指す。

の汁だ。むんむんとした午後、虹がまるで空と水を抱く蛇のようだった。

　フロリッタが追いかけてきて、女がインディオの言葉で言っていることを訳しはじめた。幾文かを訳したものの、怪訝な顔で黙りこんでしまった。訳している言葉を疑問に思ったのだ。あるいは声か。女いわく、夫のもとを出てきた、なぜなら夫は狩りにばかり耽って方々をほっつき歩き、自分はひとりインディオ村に置きざりにされたから。ところがある日、魔物に心惹かれてしまった。これからその愛する人と暮らすために、川底へ行く。もっといい世界で暮らしたい、こんな苦しみも不幸もないところで。女は、市場の傾斜路の運搬人や漁師、それからカルメル高校の女学生らにも目をくれずに言った。女学生らが泣きだし、走って逃げたのを憶えているが、その理由を知ったのはずっと後になってからだった。

　突然、タプイアの女が話をやめ、水に入った。野次馬は魔法にかかり、立ち尽くした。だれもがみな、シガーナス島に向けてゆっくりと泳いでいく女の姿を見守った。身体が少しずつ煌めく川に消えていく。と、そこへだれかが叫んだ。あいつ、頭がおかしいよ、おぼれるぞ。舟子らが船を出し、島まで漕いでいったが、女はみつからなかった。消えた。

二度と戻ってはこなかった。

　フロリッタは、おれが町はずれのインディオの集落で子どもらと遊んでいるときに聞いた話をよく訳してくれた。奇怪な伝説。たとえばこんなのがあった。長い陽根を持った男の話。あまりに長いので、アマゾン川を越え、エスピリト・サント島に分け入り、月の湖の鏡にいる娘を突きぬいた。その後、さおは男の首に巻きつき、首を締められて苦しんでいる男の横で、女が笑いながら訊く。あの長く伸びた陽根はどこ？

　それからオスのブラジルバク《アンタ》に惚れた女の話も憶えている。女の夫はバクを殺し、その獣のペニスを切り落として小屋の戸口に吊るした。すると女はそのペニスを泥で包み、固く乾燥させ、愛らしい一物にやさしい言葉をかけながらそれと戯れた。そこで夫は、泥の陽根に大量の唐辛子を塗りこみ、妻がその一物をなめてその上に座るのを見ようと隠れた。なんでも妻は、痛みのあまり跳びはねながら泣き叫び、舌と身体はまるで火のように焼けたとか。仕方なく川に潜り、蛙になったそうな。夫は川岸に移り住んで、悲しみ後悔して、妻に帰ってきてくれるように頼み続けたらしい。

フロリッタといっしょに、インディオの集落の子らのじいさんやばあさんから聞いたいろいろな伝説。リングア・ジェラル*で話してくれたのを、フロリッタは家で、子どものころの孤独でさみしい夜に何度も聞かせてくれた。

思わず震え上がったこんな奇妙な話もあった。頭を切り取られた話。分断された女。身体はいつも食べ物を探しにほかの集落へ行き、頭は宙を飛んでいって夫の肩にくっつく。男と頭は一日中いっしょに過ごす。そして夕方、鳥が啼き、一番星が空に出ると、女の身体は戻ってきて、頭にくっつく。だが、ある夜、別の男が半身を盗んでしまった。夫は女の頭だけと暮らすのが厭で、全身がほしい。生涯ずっと身体を探し続け、肩にくっついた女の頭と寝起きしたんだと。物言わぬ頭、だが生きてはいる。世界を目で感じることができたから、目は乾くことなくすべてを感知していた。心を持った頭。

おれが九つだったか、十だったか、一度も忘れたことがない。だれかまだあの声が聞こえるだろうか？　おれは考えこんだ。なぜなら物語が人生の一部になる瞬間というものがあるからだ。頭のひとつはおれを破滅に追いこんだ。もうひとつはおれの心と魂を傷つけ、こうやっておれが川岸でひとり奇跡を待ちながら苦しむことになったのもそいつのせいだ。二人の女。だが、ひとりの女の物語は、ひとりの男の物語ではないか？　第一次世界大戦のころまでは、アルミント・コルドヴィウのことを聞いたことがない人など、だれがいただろう？　大勢の人がおれの名前を知り、だれもがおれのおやじのアマンド、エジーリオの息子たるアマンドの富と名声を耳にしていた。

あの三輪車を漕いでいる少年が見えるかい？　アイスキャンディ売りだ。口笛を吹いているが、油断ならない奴だ。ジャトバの木陰にそっと近づいていく。昔はおれもアイスキャンディを箱単位で買えた。三輪車だって買えた。だがいまはなにも買えない、それを奴は知っている。だからこれみよがしに、おれをふくろうのような目で睨みやがる。その後、せせら笑い、三輪車を漕いで走り去り、カルメル教会あたりまで行ったところで、こう叫

＊　植民地時代に共通語として、植民者と現地の人々のあいだで広く使用された、トゥピ語を基礎とする言語。サンパウロ周辺で用いられたものとアマゾン地域で用いられたものの二種類がある。この小説では後者をさす。

ぶ。アルミント・コルドヴィウは頭が変だ。それもおれが午後をずっと川辺で過ごしているからだ。アマゾンを見ると、記憶が突然起動し、口から声が出て、おれは大きな鳥が啼くころまで話し続ける。やがてシギダチョウ《マクカウア》が、日暮れ時の空と同じ灰色の羽で現われる。そして啼き声をあげて、白日の明るみに別れを告げる。ようやくそこでおれは黙り、夜を人生に招き入れる。

　おれらの人生は飽きることなく繰り返す。昔、おれはこんなむさくるしい小屋には住んでいなかった。コルドヴィウ家のホワイトパレスこそ本物の家。そのパレスで愛する女といっしょに暮らそうと心に決めたとたん、女がこの世から消えた。女は魔法の町に住んでいる、人はそう言ったが、おれは信じなかった。しかもおれは無一文、すってんてんだった。愛も金も失い、ホワイトパレスまで失いかけていた。おれにはおやじのようなしぶとさはなかった。したたかさもなかった。アマンド・コルドヴィウは世界を喰う勢いだった。豪胆で、死だって笑いとばしていた。ところが富とは、手に入ったとたん、すべて突風が吹き飛ばしてしまうもの。おれは欲に任せて盲目の快楽に耽り、その富をどぶに捨てた。

おれは過去を、そしてじさまのエジーリオの評判を消したかったんだ。だが、おれはそのコルドヴィウを知らない。聞いたところによれば、疲れ知らずで怠惰とは無縁、この土地の蒸し暑さの中で馬車馬のように働いたらしい。一八四〇年にカバーノスの戦い*が終わると、ボア・ヴィーダ農場にカカオを植えた、ここからランチボートで数時間のところにあるウアイクラッパ川の右岸に持っていた土地だ。ところが長年の夢が叶う前にぽっくり逝っちまった。その夢というのがこの町にホワイトパレスを建てることだったんだ。その家をアマンドがめでたく、おふくろと結婚したときに建てた。すると今度は自分の貨物船のための航路を拓くなんていう大胆な夢を見はじめた。いつかブース汽船やブラジル・ロイド社と競争してやる、おやじは言ったものだ。ゴムとパラ栗をル・アーヴルやリバプールやニューヨークへ運ぶ。そんな大きな夢を抱いたまま死んでいったブラジル人がここにも

* パラ県（現在は州）の知事の任命をめぐる上層部の争いがきっかけとなり、隷属状態に置かれていたインディオ、混血、黒人奴隷が中央政府に対して起こした反乱（一八三五—一八四〇）で、一時は首都ベレンを占拠してパラの独立を宣言したが、政府軍に鎮圧された。

いたんだ。おれが最後になって知ったことはほかにもいろいろあるが、先を急ぐのはやめよう。まずは記憶の手が届くところから気長に話すことにしよう。

アマンドがマナウスに連れていってくれたのはたしか二十歳のころだった。おやじは道中ずっと黙ったままで、降りるときにようやく二言だけ口にした。おまえはこれからサトゥルノの下宿屋に住むことになる。理由はわかっているはずだ。

それはインスタラサォン・ダ・プロヴィンシア通りにある、古くて小さい二階建ての長屋だった。おれは一階にある部屋のひとつに住み、屋根裏部屋脇の浴室を使っていたが、そこには青年職工訓練所から逃げてきた若者が数人寝泊まりしていた。そいつらは日雇いで、パン屋やドイツビールの店で働いていた。その一人、ジュヴェンシオだけは仕事にも就かず勉強もせずに、魚売りの女と出歩き、だれも彼のことは相手にしなかった。おやじが事務所にいると、フロリッタがそこを抜け出して寮にやってきて、おれとおしゃべりをし、洗濯をしていった。彼女はジュヴェンシオが気に入らず、ナイフで刺されそうだと怖がった。おれのサトゥルノの部屋も嫌いだった。こんな牢屋みたいな小窓しかないんじゃ、あんた、窒息死しちゃうよ、そう言った。フロリッタはマナウスの屋敷とヴィラ・ベーラのホワイトパレスの快適さに慣れていたのだ。アマンドのことを訊いても、すべてを話してはくれなかった。会社の新しい貨物船のこともいっさい話さなかった。その船がもうイギリス人が経営する港湾会社マナウス・ハーバー社に来ていることは新聞で読んで知った。舷側にタイヤがついた蒸気船で、ドイツのホルツ造船所で造られたものだった。本物の貨物船、ほかの二隻の艀や平底の荷船とはちがう。おれは誇らしくて、新聞をフロリッタに見せた。

あたし、夕食にごちそうを作ろうとしたのよ、彼女は言った。なのに、あんたの父さん、いらないって言ったの。船の支払いのことが心配みたい。あるいは、ほかのことかな。

フロリッタは、おれに彼女とアマンドといっしょに暮らすことを望んでいた。三人でマナウスの屋敷で。おれだってそうしたかったし、それは彼女も知っていた。ヴィラ・ベーラでフロリッタは、おやじはおふくろのそばにいたころが幸せだったと聞かされていた。おふくろが死んだとき、アマンドはおれをどうしようか途方に暮れた。いまでも、あの破滅的な言葉を覚えている。おまえの母さんは、おまえを生んで死んだ。その言葉を聞いてフロリッタは、おれを抱きしめ、部屋に連れていった。

乳をくれたのはタプイアの女だった。インディオの女の乳、アマパの樹液のような乳液。その乳母の顔も、だれの顔も覚えていない。記憶のない闇の時代。そこへある日突然、アマンドがおれの部屋に、若い娘を連れて入ってきて言った。これからはこの女がお前の世話をする。それ以降フロリッタは一度もおれのそばから離れたことがない。だからサトゥルノに住んでいたときは寂しかったのだ。

マナウスでおれは何をするでもなく、ただ食堂で本を読み、あとは午後の暑い中に昼寝し、目を覚ますと汗ぐっしょりで、おやじのことを考えている、そんな日々を送っていた。何かはわからないが、なにかを待っていた。あのころのおれの最大の疑問は、おれらを引き裂くあの敵意に満ちた沈黙が、おれのせいなのか、それともおやじのせいなのかということだった。おれはまだ若かったから、フロリッタに手を出した罰は受けて当然だと信じていた。だからその罪の重さも耐えなければならないと。イギリス人街へ行き、あわよくばおやじと話せないか、おやじが目に留めてくれないかと期待してうろついた。応接間の窓を見上げ、おふくろの写真をうっとりみつめるおやじを想像した。だが、玄関のドアをノックする勇気は出ずに、そのまま並木道を歩き、広大な庭のあるバンガロー風の家やスイス様式の邸宅を眺めながら帰ってきた。一度、夜、アマゾナス大通りで、おやじとよく似た男を見かけたことがあった。同じ歩き方で、同じ背格好で、両腕を下ろし、こぶしを握っていた。女と連れ立って歩き、カステリャーナ貯水池の前で立ち止まった。その手が女の頭を撫でたとき、本当におやじかどうかわからなくなった。そのときのことを思い出すとき、おれは頭が切り離された伝説を思い出す。男は、ネズミのように逃げ、女の腕を引っ張って暗い道に駆け込んだ。翌日、おれは屋敷へ行った。カステリャーナの歩道で女といっしょにいた男が本当におやじだったのかを確かめたかったのだ。入れてくれることはおろか、話させてももらえなかった。玄関先で言われた。

おまえがフロリッタにやったことは、獣のすることだ。

ドアをゆっくりと閉めた。まるで少しずつ永遠に姿を消そうとするかのように。

おやじは時間の大部分をマナウスで過ごしていた。市電で事務所まで行き、本人曰く、寝ているときまで働いた。だが、ここへも頻繁にやってきた。おやじはヴィラ・ベーラが好きで、生まれた土地に病的なくらい愛着を持っていた。サトゥルノに引っ越す前、おれは休暇のときに二、三回、マナウスへ行ったことがあった。ヴィラ・ベーラに戻ってきたくなくなった。それは時間の旅で、一世紀、遅れていた。マナウスにはなんでもあった。電気も、電話も、新聞も、映画も、劇場も、オペラも。おやじは、市電に乗るための小銭しかくれなかった。フロリッタが浮き桟橋やマトリス公園の鳥のケージに連れていってくれ、その後、町を散歩し、それからアルカザール館やポリテアーマ館で映画のポスターを見て、夕方、屋敷に戻った。おれはピアノの椅子でおやじの帰りを待った。辛い待ち時間。おれはおやじに抱きしめて話しかけてほしかった。一目でいいから見てほしかった。だが、聞こえてくるのはいつも同じ問い。散歩したのかい？　そう言って、壁に近づいておふくろの写真にキスをする。

自分は永遠の犯罪者、おふくろの死はおれのせい、そう思い込むようになったころ、弁護士のエスチリアーノが、おれと話したいと言ってインスタラサォン通りに現われた。

こんな貧乏人の下宿でカビを生やしてはいけない、そう諭された。それがアマンドの決定であったこと、色に溺れた息子への罰であることは彼も知っていた。なあ、法学部に入るために勉強しないか？　そうすればお父さんも変わるよ。

エスチリアーノはアマンドの唯一の友だちだった。「おれの親愛なるステリオ」、そうおやじは呼んでいた。この旧交が始まった場所を、二人はまるでまだ若いかのように思い起こしては大声で語っていた。ウアイクラッパの浜にヴァヒ・ヴェントの浜、マクリカナン湖、そこが二人が最後に釣りをした場所だった、エスチリアーノが弁護士になって戻ってくるためにレシフェに行く前のこと、そしてアマンドもおふくろと結婚する前だった。五年間離れても、友情は冷めなかった。二人はしょっちゅうマナウスとヴィラ・ベーラで会った。まるで鏡の前に立つかのように感嘆の目でみつめ合い、そうやっていっしょにいると二人は、相手を自分以上に信頼しているような感じだった。

弁護士のエスチリアーノは、会うときはいつも同じ白いジャケットを身につけ、同じサスペンダー付きのズボンを履いて、襟の折り返しに弁護士バッジをつけていた。エスチリアーノの太いしわがれ声は、どんな人をも震え上がらせた。背が高く恰幅もよいため、厭でも目立ち、昼夜何時でも赤ワインの瓶をがんがん開けた。酒がたくさん入ると、パリの本屋の話を、まるでそこへ行ったかのように話したが、実はフランスへは一度も行ったことがなかった。ワインと文学、それがエスチリアーノの愉しみだった。肉体の欲望はどこにしまっていたのか、あるいは隠していたのか、おれにはわからない。ギリシアとフランスの詩を訳していたことは知っている。会社では法務を担当していた。厳格なアマンドは、友人がレストランのアヴェニーダやリセウ広場のバーで詩の朗読を始めると、目を瞑り、耳を塞いだ。フロリッタを除けば、エスチリアーノがおれにとっては一番近しい人だった。最後の日までそうだった。

そうしたらお父さんも変わるよ。よし。おれは二年間、市立図書館で勉学に励んだ。夜は自分の部屋で、エスチリアーノから本を借りて読んだ。屋根裏部屋の連中は笑った。サトゥルノ博士。法曹さま。ジュヴェンシオは笑わなかった。取りつく島がなくぶすっとした口数の少ない奴だった。マナウス自由大学に入学すると同時に、おれは下宿を出た。同じ週にジュヴェンシオもサトゥルノを出た。彼はハイ・ライフ・バー前の歩道に住みつき、おれはサンタ・クルス侯爵通りにある雑貨店コスモポリッタの上階に引っ越した。広い部屋で、窓がひとつあり、税関とその管理事務所に面していた。おれはコスモポリッタで街を知った。マナウスの心と目は港とネグロ川岸にある。広い港湾地帯は、商人や魚売りや炭売り、運搬人夫、行商人でにぎわいを見せていた。ポルトガル人の食料品店で仕事をみつけ、午前中は勉強し、昼飯を市場でとり、午後は荷箱を運んだり客の応対をしたりした。給金はわずかだったが、エスチリアーノには家賃は払っていると知らせた。

アマンドは、絶対に自分が払うと言って聞かなかった、エスチリアーノは言った。あいつは、あんたらのあいだに距離があることに心を痛めている。かといって息子に手を差し伸べるにはプライドが高すぎる。

そんなにプライドが高いなら、おれのほうから屋敷に行って手を差し伸べる、そう思っていた矢先、偶然がおれらを引き会わせた。ある午後、店の荷箱をいくつか雑貨店まで運ぶためにエスカダリア埠頭に行かなければならないことがあった。アマンドがそこに会社の支店長といっしょにいたのだ。その支店長はことごとくおやじの真似をし、歩き方まで真似をしていた。酒を飲まなかったのも、ボスが禁酒家だったからで、洋服もアマンドの行きつけの店マンダリンで買っていた。だが、おれがむかついたのはそいつの目つきだった。ガラス玉の目の顔。そいつは絶対におれを真正面から見なかった。おやじがやれば本物のことも、支店長がやるとほとんど喜劇だった。おれは運搬の書類を税関署員に見せた。そこから数メートルのところにアマンド・コルドヴィウがいて、おれは一言を待ったが、おやじはおれの前掛けを見ただけで、話しかけてくれなかった。市場の売店まで歩いていき、支店長がその後からまるで犬のようについていった。二日後、店主から、自分の甥が働くことになったと告げられた。おれはもう必要なかった。

おやじの命令で解雇されたのかどうか、けっきょく定かではなかったが、それでもおやじと話す希望を持っていた。コスモポリッタの店主には、仕事がないので家賃が遅れると言った。彼の友だちが港で働いていたこともあって、おれは客の乗下船場で働きはじめた。

一日中を港で過ごし、勉強するための時間はなかった。給料はもらえず、チップだけだった。だが、洋服や帽子や古本がもらえた。アタフアルパ号やレ・ウンベルト号やアンセルム号やヒオ・アマゾナス号の船長と知り合った。ラプラタ号のウォルフ・ニッケルスとも友だちになった。これらの船長らはランポート&ホルツ汽船やブラジル・リグレ汽船やブラジル・ロイド汽船やブース汽船やハンブルグ－南米汽船で働いていた。ときどきおれは、外国人の乗客に同行して、マナウス近くの湖へカヌーのツアーに行った。町の中心街をいっしょに歩き、彼らはしきりにアマゾナス劇場*へ行きたがった。あんなに壮大な建造物がなぜ密林にあるのかがわからなかったのだ。

一度だけドイツの貨物船を見たことがある。明け方、インデペンデンシア通りの安キャバレーで一夜を過ごした後だった。浮き桟橋に座り、舳先の白い言葉を読んだ。エルドラ

* 十九世紀末、ゴム景気の財を使ってパリのオペラ座に模してマナウスに建てられた劇場で、資材にはヨーロッパから輸入したタイルや大理石が用いられている。

ード。測り知れない野望と幻想！　貨物船を見ながら、アマンドが自分の息子がインディオの集落の子らといっしょにいるのを見るのを嫌っていたことを思い出した。おれは奴らといっしょに槍で魚を獲ったり、木に登ったり、川で水浴びをしたり、浜辺を駆け回ったりした。おやじが漁場の階段の上に姿を現わすと、おれはホワイトパレスに帰った。それから軽蔑と沈黙も思い出した。それはおやじがボア・ヴィーダ農場で話してくれた物語以上に胸が痛んだ。

あのころは思い出が、まるで汗の滴のように、ゆっくりと立ち上ってきた。おれは忘れようと努力したが、できなかった。無意識だったが、おれはおやじに近づくことを望んでいた。いまや思い出は勢いよく押し寄せてくる。しかもより鮮明に。

もう港の仕事に慣れたころだった。レシフェやサルヴァドールやリオデジャネイロに留学する若者らと話をした。ヨーロッパへ行く連中もいた。たくさんの国やブラジルの隅々から人がやってきた。問題は貧民で、政府は成す術がなかった。夜が明けると広場には古新聞の上で寝ている家族がいくつもいて、そのくしゃくしゃになった汚い新聞で、おれはおやじのニュースを読むことができた。もっとも重要なニュースは、マナウス－リバプール間の貨物輸送航路の競争だった。もしアマンドが勝てば、貨物船をもう一隻購入するための支援を政府からとりつけられる。エスチリアーノは確実だと言い、いずれおやじはおれが必要になると言った。だからヴィラ・ベーラでアマンドと話してほしいとおれに言った。

なぜマナウスで会うのではだめなのか、おれは訊いた。

ヴィラ・ベーラのほうが、お父さんは問題から離れられる。自宅だからな。

フロリッタがもう来てくれないんだ、おれは言った。

あいつがうるさいんだよ。嫉妬。でも、そのうちすべてなくなるよ。

アマンドがエスチリアーノとなにかを示し合わせたのかどうかはわからなかった。おれはもうそれほど若くなかったが、まさか父親が子を狩るために罠を仕掛けると想像するほどの知恵はなく、またしたたかさも持ち合わせてはいなかった。結果、おれは、港界隈で夜遊びに身を投じることとなった。乗客からもらった洋服で、有名なキャバレーの女を難なく口説けた。ラプラタ号の船内でただ酒を飲み、運搬人や観光ガイドとして働いた。アドルフォ・リズボア市場では、ゼ・ブラゼイロの見世物が観光客の注目を集め、怖がらせていた。腕と手しかない青年で、脚は肉の切れ端だった。荷車を助手に押してもらって移動していた。土曜日になると、この助手が魚市場の建物に空中ブランコをしつらえた。ゼ・ブラゼイロはロープを伝って登り、空中ブランコで回転し、高所でショーをやっては拍手をもらっていた。観光客は涙を流して哀れみ、金を荷車に置いていった。ときにはアマゾナス劇場前のサン・セバスチャン公園でも同じショーをやった。

そんな暮らしを長く続けていたところへ、アマンドと会い、おれの人生は変わった。その前からなにかが町を掻き乱していた。港は活気を失っていた。ヨーロッパでの戦争、第一次世界大戦のせいではなかった。それはまだだった。おれには人々が荒れ、反抗的になっているのがわかった。すべてが不条理で凶暴になっているように見えた。わずかのあいだにマナウスのムードは一変していた。新聞を読むと、おやじが憤懣をぶちまけていた。矛先は法外な税金、関税の額、港の最低の業務効率、我が国の政治の混乱に向けられていた。

だがアマンドの怒りの原因はそれだけじゃない、エスチリアーノは言った。アマンドは、あんたが勉強を放り出し、そこいらをほっつき歩いて、町の飲み屋で寝泊まりしていることを知ったんだ。

どうやって？

あいつはなんでも知っている。次に会ったときに、話すんだな。

おやじと仲直りするには、もう遅いんじゃないか。

君の人生にはいいチャンスだ。あいつだってだんだん歳をとっているし、君は一人息子だ。クリスマス前にもヴィラ・ベーラに行くべきだ。

十二月の初めに、おれはフロリッタに会いに屋敷へ行った。近所の人がフロリッタとおやじはヴィラ・ベーラに行ったと教えてくれた。庭に入り、窓の隙間から応接間をのぞくと、壁に母の写真は見えなかったが、黒いピアノは同じ場所にあった。

居間を見ていたら、アマンド・コルドヴィウが会社で二隻めとなる平底船の購入したときに、それを祝って屋敷で開いたピアニストのタラジブーラ・ボアネルジスのリサイタルを思い出した。おれが十六のときだった。夕餉のあいだにアマンドがある若い招待客の肩を抱いて、こう言った。おまえは政治家に向いている。ヴィラ・ベーラの市長に立候補するべきだ。

レオンチーノ・バイロンというその若者は、どの政党からかと訊いた。

そんなのは一番どうでもいいことだ、おやじが答えた。重要なのは勝つこと。

アマンドが興奮するのを見た数少ない機会だったし、おれもあの夕食の招待客らに紹介してもらえたときは嬉しかった。その中の一人、マナウス・トラムウェイ社*の役員は、おれに娘に会ってほしいと言った。ピアノの横にいた若い女を指さした。女は鍵盤に向かって微笑んでいた。みごとな歯並び、きれいな目にきれいな顔立ち、すべてがすばらしく美しかったが、ただ顔色が悪すぎて、肌は紙のような色だった。それでもほとんど透明に近い色の白さをみつめていたら、アマンドが友人に言った。

無駄だよ。せがれはインディオの娘に夢中だから。

そう言って話題を平底船と輸送に戻した。たしかおれは居間を出て、フロリッタと裏庭へ行ったのを憶えている。アマンドと暮らすのは厭だ、ホワイトパレスでもマナウスの屋敷でも厭だとフロリッタに言った。

あんたの母さんが死んでから、アマンドはもうだれも好きにはならず、好きなのはあの憎らしい貨物船だけ。

彼女はおれの口にキスをした。初めてのキス。そしておれに我慢するように言った。インディオの娘に夢中。その言葉を、フロリッタのキスの味といっしょに繰り返した。

そんな思い出とともに、おれは閉ざされた家を後にし、そのとき仕事を辞めてヴィラ・ベーラに行くことを決心した。コスモポリッタの店主には、もう部屋は借りないと告げた。そもそも港の仕事なんて、コルドヴィウの人間がやることじゃない。君の父さんの貨物船には未来がある。

＊ マナウスの市電事業を行っていたイギリス系の会社。ゴム産業の隆盛により、マナウスにはリオデジャネイロ、サルヴァドールに続き、かなり早い段階で市電が導入された。

おれは、みんなから一挙手一投足を見られているような気がして、雑貨屋の店主からラプラタ号のヴィラ・ベーラ行きの切符と、次のようにタイプされた紙きれを受け取ったときは驚いた。十二月二十四日午後五時、弁護士のステリオスの家で会合、AC。アマンドはすべて計算済みだった。乗船日、船、会合の場所と時間。だが、何年か後になって、あの紙切れの筆跡を疑った。もしかしたらあれはエスチリアーノが書いたのかもしれなかった。ところがおれは、てっきりおやじと話せるとばかり期待してでかけていった。十二月二十四日の午後二時、ヴィラ・ベーラで下船し、ホワイトパレスを遠くに見たとき、家に戻った者ならではの感慨と重圧を感じた。ここならば変われる。つまりおれ自身になれる。アマンド・コルドヴィウの息子、エジーリオ・コルドヴィウの孫としてのアルミント、いずれもヴィラ・ベーラとこのアマゾン川の申し子だ。

ところが、おやじは家にいなかった。そうとわかったのは、フロリッタがネグリジェ姿で出てきて、長々とおれをぎゅっと抱きしめたからだった。力強い手がおれの背中をまさぐるのを感じ、おれはうつむき、囁いた。下男らの嗅覚は犬並みだ。あの午後の戯れの顛末を思い出してよ。

彼女は手を緩め、屈託ない笑みを浮かべておれを見た。もうしたくないの？　あの午後限りでいいの？

あの午後だけでも、一生分の嫉妬の原因になった。おれが来ることを知っていたのかと訊いた。

あんたとあんたの父さんは、ここから遠いところには住めないのよ、それが答だった。

そう言って、おれのために風呂を用意しに行った。アマンドのハンモックが居間のいつもの場所にしつらえられているのを目に留めた。おれの部屋はきちんと片づいていて、まるでおれが家を出ていないかのように、蚊帳がベッドの上に吊るされていた。裏庭で管理人とその妻と話した。アウメリンドとタリッタの二人がホワイトパレス裏に引っ越したのは、アマンドがボア・ヴィーダ農場に見切りをつけ、貨物船に専念したときだった。フロリッタは、ひがみ根性か嫉妬か、管理人夫婦によそよそしかった。夫婦は、おれが子どものとき以来の恭順の癖をなくさず、そのときもおれをドトールさまと呼ばないではいられなかった。アウメリンドは家の修繕をしたり、雨季が終われば漆喰を塗ったりしていた。タリッタは裏庭の手入れをし、噴水中央の石像の頭を掃除していた。それは、おふくろが死んだときにアマンドが彫らせたおふくろの頭だった。小さいころからおれはよくその若々しい顔を見にいった。石製の灰色の目、なにかを訊ねているようにみえた。その頭の前で跪いていたら、ボンプラン社の香水の精油の香がした。フロリッタが、風呂の水がいっぱいになったと知らせにきた。風呂の後は昼飯を出してくれた。かぼちゃ《ジェリムン》と西インドキュウリ《マシッシ》が入ったいんげん豆《フェイジョン》の煮込み、魚の炭焼き、そしてカメの卵入りのファロッファ。*

あんたの父さんは、たらふく食べたのに、昼寝もしなかったわ。

どこにいるの?

カルメル会の高校。校長に会いに行った。それからエスチリアーノ先生の家に寄ってくるって。

集まりは五時だよ、と、おれはフロリッタももう知っているとは思ったが、言った。でもその前におやじに会いたいな。

せっかくのクリスマスを台無しにしないように気をつけてね、彼女は注意した。

機嫌、悪いの？

ヴィラ・ベーラにいるときは、抱きつかないのは月ぐらいよ。

おれはヒバンセイラまで行き、クイアラーナ[**]の木陰で待つことにした。ヴィラ・ベーラは灼熱の太陽から身を隠していた。昼下がりの暑気ですべてが止まっていた。ボートの音がしていたのを思い出す、決して眠らない川の音だ。高校の庭師が門の扉を開け、続いて上背のあるどっしりとした男が現われた。黒っぽいジャケットにズボン。帽子はかぶっていなかった。事前に話をしておくにはいいタイミングだと思った。二人のあいだにはおふくろの影があった。おふくろの死以来耐え忍んでいる苦しみ。アマンドにとって、おれ

＊　キャッサバの粉を玉ねぎなどの野菜や肉類などと炒めたもの。他の料理にかけたりつけ合わせにしたりして食される。
＊＊　シクシン科の木の名前（Buchenavia grandis）。

は愛の物語の死刑執行人だった。対面するのが恐ろしく、躊躇した。おやじは早足で歩き、手は、まるで指が切断されたかのようにこぶしを握りしめ、目は前方のどこかを見据えていた。きちんと梳かされた髪は兜のようだった。おやじはホワイトパレスの方へ歩いていった。おれが木陰から出たところで、おやじは頭を上げて鐘楼のほうに向け、身体の向きをくるりと変え、マタドウロ通りへ向かった。たぶんそのままエスチリアーノの家に行くことにしたのだと思う。広場の終わりに差しかかったあたりで脚を止めると、両手を、まるで自分の身体を抱き込むかのように交差させて肩を掴んだ。ゆっくりと脚を折り、膝をついた。頭が広場の隅で光っていた。男は口から倒れそうになったが、身体をよじって、背中から倒れこんだ。おれはその名を叫んで、駆け寄った。男は、横たわったままおれを見ていたが、顔は苦痛で歪んでいた。おれは、その胸をマッサージしながら、おろおろするばかりだった。その後、たった一度の抱擁を、死んだおやじにした。もっとも恐れていた男がおれの腕の中にいる。静かに。おれにはおやじを一人で運ぶ力がなかった。たちどころに町が目を覚まし、野次馬が遺体を取り囲んだ。だれかが無駄な情報を提供した。

ヴィラ・ベーラにいる唯一の医者はいまニャムンダに行っている。フロリッタが駆けつけ、絶望のあまり喚き叫びながらおれを押しのけ、膝をついて泣き崩れた。エスチリアーノも数分後に現われた。野次馬が遠ざかり、巨体の男がアマンドの上に覆いかぶさり、その顔に接吻をし、やさしい手つきで目を閉じた。

ヴィラ・ベーラの地を踏むのは四、五年ぶりだった。アマンドの葬儀がカルメル教会で執り行なわれてからというもの、おれはおやじがどれだけ愛されていたかを痛感した。複雑な気分だった。というのも、故人に向けられた賛辞は、生前のおやじのイメージと正反対だったからだ。おやじが施し好きなことは知っていて、その悪い癖はおれも受け継ぎ、長いあいだ守っていた。そしてカルメル山の聖母祭*での太っ腹ぶりも憶えていた。死んで

＊ カルメル山の聖母の祝日は七月十六日で、祭りは現在も祝われ、十日前から行事が始まる。カルメル修道会第六代目の総長、シモン・ストック（一一六五—一二六五）の前に聖母マリアが出現し、茶色のスカプラリオ（肩衣状の布）を授け、それを身につけて臨終を迎える人にはすべて永遠の救いを約束したとされる。それはカルメル修道会の修道服の一部となっている。

から、おれはおやじが本物の篤志家だったことを思い知った。カルメル会の孤児には洋服や食べ物をやり、司教館の建設や公営の刑務所の再建も支援した。看守らの給料まで払っていたというから、喜捨は政府と住民へ行なわれていたわけだ。葬儀のあいだ、アマンドの信が篤かった水先案内人のウリシス・トゥピとジョアキン・ホーゾがお悔やみを言いにきた。それから変わり者の船頭のデニージオ・カォンもオンサス島から来ていた。奴のことはアマンドもよく思っていなかった。デニージオは、馬面を打ち沈ませ、跪いて十字を切った。イエスの聖心女学園の孤児たちも全員が同じ茶色のスカートと白いシャツの服を身につけ、揃って墓地にやってきた。少女たちだ。その中にひとり大人びた娘がいた。まるで年齢を二つ持っている女のようだった。白いドレスを身につけ、その場所にいるのではないかのように、そしてまた、どこにもいないかのように、高いところを見上げていた。と突然その視線がおれをみつけ、骨ばった顔が微笑んだ。知らない娘だった。じろじろ見ていたら、カルメル高校の校長が近づいてきた。ジョアナ・カミナウ修道女がひとりで、お悔やみの言葉を言いに来たのだ。淡々と言った。アマンド・コルドヴィウさまは、この町で一番心の寛いお方でした。コルドヴィウさまの霊魂のために祈りましょう。

そして立ち去り、その後からその娘とそれ以外の孤児がついていった。

ホワイトパレスのおやじが寝ていた部屋はそのまま残された。おれは居間のハンモックの位置だけを変えた。アマンドが昼寝をすると、身体が邪魔で窓へ行けなかったのだ。おれはロープを短くし、ハンモックを真ん中の窓のところに近づけた。そうすれば市場の傾斜路や川が見えて、水辺から来る生気も感じられた。

フロリッタはボスを亡くし、悲嘆にくれた。喪服代わりに白い服を身に着け、おやじの大好物を作るのをやめなかった。気休めか習慣からか、ときどき食卓の中央にアマンドの皿やスプーンやフォークを用意した。おれはひとりで食べ、空の席に目をくれなかった。

年が明け、おれはエスチリアーノとマナウスへ行った。彼はおれに、アマンドが書類を入れて屋敷にしまっていたマンダリン屋の箱を渡した。エスチリアーノが財産目録を開けたとき、おやじがフローリス地区の精神病院の隣にも土地を持っていたことがわかった。友人のエスチリアーノにはかなりの額の現金とフランセーザ池のほとりにも家を遺していた。エスチリアーノは少し極まりが悪そうに、現金は老後のワインにすると言った。そして家はヴィラ・ベーラの別荘にすると。

親愛なるステリオスに対するアマンドのその気前よさに腹は立たなかった。弁護士である彼には、社内でおれの代理人になってほしいと頼んだ。それから生活資金を要求し、毎月の引き出し額のことも言った。エスチリアーノは、ホルツ造船所への支払いに充てた銀行ローンに触れて言った。よくもそんな金が要求できるもんだ。いいなんて言えるわけがないじゃないか。

ほかの弁護士を雇ってくれ、彼はきっぱり言った。弁護士ならマナウスにうじゃうじゃいる。

でも、ステリオスじゃないとだめなんだ、おれは言った。

引き出し額については合意した。そして彼自らが、金はロイドの社内便で送ると提案してきた。会社の運営にあたってほしいと何度も頼んだが、断わられた。ヴィラ・ベーラに住むのは何年か先だ。跡取りはおれなのだから、おれが先頭に立つべきだと……。

おれには経験もないし、その気もない、すかさず言った。

アマンドは支店長を信頼していた。あんたはヴィラ・ベーラに住んで、マナウスに数日いればいい。そしてボア・ヴィーダ農場の様子も見るんだな。

おれはここに引っ越してきたが、二か月とマナウスへ行かずに我慢ができなかった。事務所に寄ったら、机は書類の山で、あらゆる種類の問題に気が滅入った。機械の部品、解雇や採用に関わる人事、紛失した貨物、関税、税金。わからないところを訊いても、支店長の答えは数語の単語か、見下したような沈黙だった。おれは尚早すぎるボスで、彼にとっては青天の霹靂だったのだ。おれは、決断を迫られると、エスチリアーノに助けを求めた。弁護士がおやじの椅子に座り、本来はおれがサインしなければならない書類を読み、輸送費にも口を出した。そして犬のようなしわがれ声で嘆く。ああ、アマンドがここにいてくれれば……。ときにエスチリアーノは、おれが支店長に対して邪険にしすぎると非難することもあった。おれには支店長が何を考えているかわからず、またエスチリアーノのような冷静さもなかったから、事務所の壁にかかっているおやじの写真に向けるあいつのあのすがるような冷たい視線が耐え難かった。なんでそんなに死んだボスばかりを見る？　その点、ヴィラ・ベーラにいれば、支店長と会社のことを思い出すのは、せいぜいこのホワイトパレスから百メートルほど先を通るエルドラード号を見るときだけだ。そのときは、おれの人生は、アマゾン川を航行するあの貨物船にかかっているのだと考えた。だが、その船のことをおれは、おれの目がアマンドの葬儀のときのあの娘をみつけたときに忘れた。二つの年齢を持った娘。ジナウラ。顔ははっきりと憶えてはいなかったが、目は憶えていた。そう、あの視線。記憶が消し去ったものと再会できることは幸せなこと。すべてが戻ってきた。微笑み、骨ばった顔の生気あふれる視線、おれよりもっと切れ長の目。インディオの女？　おれは彼女の出身を調べたが、みつからなかった。だが、ほかのことをみつけた。それは人生でたった一度の偶然の仕業だった。だが、運命をリセットするにはもう遅すぎることにも気づいた。

　エスチリアーノは、おれがジナウラのことを話すのを聞きながら、ばかにした。いい話だね、コルドヴィウともあろう人が、森から出てきた女にメロメロとはね。そしてフロリッタは、その孤児を知りもしないくせに、その女の視線は魔法よと言った。まるで川底に住むことを夢見る狂女のひとりみたいね。

おれをもっとも引きつけたのはジナウラのその視線だった。ときに視線は欲望の力を持つ。やがて欲望は成長し、愛する人の肉体に入り込もうとする。おれはジナウラと暮らしたかったが、その決断をプライドの限界まで先延ばしにした。おれの人生が、彼女の悲しい人生と比べて、まだましであったかどうか、それはわからない。おれのほうが空しかった。空っぽだった。ここに引っ越してきてからは、ヨーロッパから来てアマゾン川を上っていく船を待ちわびた。それらのひとつがヴィラ・ベーラに接岸すると、港の職員が船内食のメニューを分けてくれ、乗客の情報もくれた。アルネウという名で、哀れになるほど口が軽いご機嫌取りだった。そいつが甲板できれいな娘たちを見たと言うと、おれはでかけていき、船のサロンで晩飯を食って踊った。ときにはマナウスまで乗っていき、イデアルやルーゾの舞踏会で遊んだり、アルカザールやヒオ・ブランコやポリテアーマの劇場で昼のセッションを観たり、アマゾナス劇場のオペラに行ったりした。それからイタリアの女性歌手らに会いにシャレ・ジャルジンに行ったこともある。ある日の午後のこと、バール・ハイライフでビールを飲んでいたら、通りにある下宿生の姿が見えた。ジュヴェンシオだった。面倒くさいことにそいつがおれに気づいて、バールに入ってきた。

サトゥルノのドトール殿、両手を差し出しながら奴は言った。

その手を握ろうとしたが、ジュヴェンシオが求めていたのは情でも挨拶でもなかった。そう、金。金をくれてやると、奴は歯のない歯茎を見せて笑い、すぐさま通りに戻っていった。何年かしてもう一度ジュヴェンシオを、同じ店の近くの人ごみの中にみかけた。もういい歳で、ハイライフはもう倒産していた。

ヴィラ・ベーラに戻ると、おれは夜通しワインを飲んだり、オペラの台本やパテ・ジャーナルの最新版や古い新聞を読んだりして過ごした。夜が明けるころには鬱に襲われた。すると朝っぱらから維持管理の悪いこの町の土道に繰り出し、漁場の階段まで歩いたが、ぽっかり空いた窓にはいくつもの頭がのぞいていた。暗闇に佇む不眠症の老人らだった。笑っていたのか、手を振っていたのかはわからない。森の近くには、インディオの集落の粗末な家がいくつも見え、インディオの言葉でささやく単語が聞こえ、河岸を通って帰ってくるときには、市場の傾斜路に接岸された漁船や果物を積んだ船や、アマゾンをベレンまで下る蒸気船が見えた。市場のバールでコーヒーを飲み、それからイエスの聖心広場をうろついて、ヒバンセイラの木に登り、太陽が孤児院を照らすまでジナウラのことを考えた。カルメル会の修道女が、枝に座るおれに目を留めたとき、おれはジナウラのことを訊いた。修道女は答えず、恐怖の表情を顔に浮かべたが、おれは続けた。ジナウラは孤児院を出ておれと暮らすんだ。それからけらけらと笑い、修道女を怖がらせた。卑猥にも聞こえただろうが、それがおれの純粋な欲望だった。

　正気でなかったのかもしれないが、気まぐれではなかった。おれは、そんな純情な恋とマナウスへの旅を繰り返していた。勝利したのは純情な恋だった。こうしてこの世の人生は、一時期の熱狂的陶酔感《ユーフォリア》を以て終焉を迎えた。それにしてもほんのわずかな時間にすべてが一変するもの。おやじが死ぬ数年前まで、人々はみな右肩上がりの成長しか口にしなかった。マナウス、ゴムの輸出、求人、商売、観光、すべてが成長した。売春も例外ではなかった。遅れをとっていたのはエスチリアーノだけ。だが、正しいのは彼だった。バールでもレストランでも、ベレンとマナウスの新聞のニュースが危機感とともに繰り返された。ゴムの木の種を植えろ、でないと、われわれは消滅するぞ……。政治には腐敗が横行し、それでも税金は上がった。

家の中でも、言葉の厳しさは和らがなかった。ある日、フロリッタが、汚れた服を取りにおれの部屋に入ってきて、こう言った。

悪い夢を見たわ。あんたのあの魔法の女と関係があるわ。

おれは怪訝な目でフロリッタを見て、夢に関する次の言葉を待ったが、彼女はなにも言わず出ていった。夢と偶然はいつもジナウラが姿を現わす道におれを連れていった。いつぞやは川辺で彼女と似た女を見たことを憶えている。明け方の深い霧の中、太陽のない朝だった。女は岸を歩いて霧の中に消えた。ジナウラかもしれない。あるいはおれの目の錯覚だったのか。魔法の町に行ったタプイアの女を思い出し、おれは岸に向かって走った。だれもいなかった。

ある日曜日の午後、ジナウラがホワイトパレスの前を通りかかり、唇にぎらぎらと欲望をむき出しにしておれに微笑みかけた。数人の孤児院の少女をインディオの集落まで連れていくところだった。現在そこはセーゴ・ド・パライーゾ地区になっている。おれは一団の後をつけた。少女らが遊んでいるあいだ、ジナウラはマンゴの木陰で本を読んでいた。花柄の更紗のワンピースを身につけ、川を見るとき以外は読むのをやめなかった。夕方、彼女と少女らは漁場の階段を通って土手を降りていった。おれは陸側の道を渡り、彼女が読書をしていた場所に座った。ジナウラは本を砂の上に置き、ひとりで水の中に入っていった。ひと泳ぎして水に潜ったが、なかなか出てこないので、おれのほうが息苦しくなった。出てきたときは、ドレスが首に巻き付き、素裸で、おれは身体が欲望で震えるのを感じた。おれのことは絶対に見たはずだ。なぜなら少女たちがおれのほうを指さしながら笑い、ジナウラのお尻と腿をつねっていたから。遠くから、夕陽の中であの身体をなめまわした。漁場の階段のことは思いつかなかった。土手を駆け下り、川の近くまで行くと、ジナウラはすでに服を着ていて、少女らの前を歩いていた。濡れたドレスの後を追いかけ、ヒバンセイラの傾斜板まで行ったところで、近道の泥の階段に入り、上りきったところでジナウラの前に立った。君と話したいと言った。浮世離れした顔には驚いた目が、濡れた大きな唇には微笑みが浮かぶのが見えた。かろうじて彼女の肩に触れたが、すぐに彼女はイエスの聖心広場に向かって走っていくのが見えた。

ヴィラ・ベーラの港でだれかが、その孤児はスクリ蛇で、おれを喰らい、あとで川底の町に連れていこうとしているという噂を広めた。だから魔物に変えられてしまう前になんとかおれの魔法を解かなければならないと。ジナウラがだれとも話さないものだから、物言わぬ人は邪神ジュルパリの魔法にかかっているという噂も流れた。

土曜日、ジョアキン・ホーゾとウリシス・トゥピに誘われて、サロミット・ベンシャーヤの宿へドミノをしに行った。途中から変わり者の舟方のデニージオ・カォンがゲームに加わり、一敗を喫した。運がない奴で、全部負けた。闖入者は癇癪を起した。負けん気が強かったのだ。すると唐突にこんなことを口走った。

あのスペイン女、女番長の修道院長は、本当に聖女のように処女なのかね？　見てみたいもんだ、なあ、見てみたいもんだ。

ゲームに興じていた連中が真顔になって舟方を見た。ジョアキン・ホーゾはドミノの札をぐしゃぐしゃに崩し出ていった。サロミットが札を箱にしまいながら言った。ゲームをやりたいなら市場のバールでやれ。

デニージオは脇に唾を吐くと、笑いながらおれのほうを向いて言った。だってよ、今朝早く、アラリ川まで爺さん一人と牛二頭を運んだんだ。そしたら向こうにあのスペインの修道女がいたんだ。おまえの孤児もいっしょだったよ。二人で土がいっぱいに入ったカヌーに胡椒を植えてたよ。手伝ってやると言ったのに、あのスペイン女は怒りっぽいね、断わられちまった。だからよ、見てみたいもんだ……。

ウリシス・トゥピがそこへ連れていってくれた。エスピリト・サントの入り口のもっと奥にある村だ。アラリの浜でウリシスがランチボートのロープを木の幹に結わいた。古いカヌーが、砂地に埋もれた二又の支柱につながれて、ずらっと列を成していた。やしの葉で葺いた小屋の戸口にはだれもいなかった。

娘はどこだ、修道院長は？

まあ、そう慌てるな、ウリシスが鳥を指さして言った。あふれんばかりの光で白む空を飛んでいくツメバケイ《シガーナ》だった。

おれはその鳥のずっしりとした飛行を、浸水した森まで追った。ウリシスがある鳥の名を言って鳴きまねするのが聞こえた。舟の引き波のせいで気分が悪くなり、舳先で横になって目を閉じた。ジナウラがいつもの更紗の服の姿で夢に現われた。少し切れ長の魔法の目は、夜から切り取ったように黒かった。だんだんジナウラの顔になってきて、青春の恋にはなかったものを感じた。彼女の腕をつかみ、身体を引き寄せたとき、カミナウ修道院長の姿が現われ、轟音が鳴り響いた。

ランチボートのエンジン音で目が覚めた。夢のことを考え、汗をかいていた。起き上がり、浜に目をやった。係留されたカヌー、閉ざされた小屋、ひと気のない場所。

あれはデニージオ・カォンのでまかせだよ、ウリシスが言った。

フロリッタが、ヴィラ・ベーラでの噂を聞きつけ、おれはカルメル会の修道女たちにとっては悪魔だと言った。女たらしで、おやじの気高さの微塵もない、いい歳をした独り者。市場の傾斜路でマナウスの娼婦と降りてくるのを見かけたと思ったら、あられもない姿で、ポンタ・ダ・ピロッカの浜で、彼女らと泳いでいるのを見たと。

ヴィラ・ベーラに女を連れてきたことなど一度もなかった。だが、嘘も繰り返されると本物のインチキになる、そうだろう？　おれはエスチリアーノに、おれがそこいらで言われているような悪魔ではないことをカミナウ修道院長にわからせるのに力を貸してほしいと頼んだ。

校長には、孤児らに倫理的な配慮をする責任がある。

じゃあ、おれの気持ちはどうなる？

そんなにひがむな、アルミント。

おれは厳粛を装って食い下がった。あなたは弁護士だ、あなたが話せば、耳を貸さない人はいない。

彼の顔が誇らしさでいっぱいになったのが見えた。だがすぐに額に皺が寄り、緊張した目を、まるで悲劇の数ページを読むかのようにおれの顔に向けた。おれの肩に手を置き、とても心配しているんだと言った。

それが会社のことを言っていたのか、孤児のことを言っていたのかはわからない。たしかなのはおれの頭がジナウラのことでいっぱいだったことだ。おれは白いリネンのジャケットを身につけ、ヒバンセイラまで行って、孤児院の窓を眺めた。そう、その建物だった。愚か者らは、おれのことを笑った。とんちき野郎、そう呼んだ。孤児の女で頭がいかれちまった。だが、ジナウラが町を歩くと、男たちはその後を追いかけた。だが、だれも話かけることはしなかった。なぜか？　恐怖だ。その視線にはなにか、一声か一仕種以上をゆるさないなにかがあった。その恐怖に、大の男どもも屈してしまっていた。男どもはアデウ家が経営する居酒屋ヴィアジャンチや香水店のオラドゥール・ボンプランや市場のバールをたまり場に、まったく恥ずかし気もなく口任せを言い、恋愛武勇伝を語りあった。そしてジナウラが聖心広場でおれに出くわしたあの午後も、全員がそれを目撃した。それは何度か試みた末にようやく実現したことだった。彼女はいつも一言もなく逃げた。本当に逃げたのかどうかはわからないが、沈黙が逃げた印象を与えていた。憶えているのは、以前だったらひとりか、孤児たちを連れていった場所でも、もうかなり長いあいだ見かけなくなっていたことだ。フロリッタが校門まで確かめに行ったが、意地悪さを押し隠した含み笑いを浮かべて戻ってきた。カミナウ修道院長と話せるのはあんたの父さんだけね、あのスペイン女はあんたの父さんとしか会わないよ、あの二人ならわかり合える、そう言った。

あの娘は忘れることね。悲しい結末を迎える前に忘れることね。

悲しい結末？　おれは訊いた。

あの娘はあんたの奥さんにはならないよ。だれのものでもない人は、決して愛されることはないんだよ。

フロリッタには独特の嫉妬の流儀があり、おれは言われたことがあまりにショックで、母親のように世話してくれたその女の前ではなにも言えなくなってしまった。エスチリアーノのことが頭に浮かんだ。アマンドとカルメル会の校長をつなぐもっとも強力なパイプだ。七月にヴィラ・ベーラでひと月過ごしにやって来たとき、おれは昼下がりにフランセーザ池へ行き、お土産にワインを何本か持っていった。テラスに座り、いっしょに静かに飲んでいると、彼がおれに非難の視線を注いでいることに気がついた。しばらくマナウスへは行っていなかったし、ヨーロッパの戦争がゴムの輸出に悪影響を与えていることは知っていた。戦争、そしてアジアで植えられたゴムの苗。なにやらそれを視線で訴えているかのようだった。黙って飲む大柄な男、その思考を探るに、しわがれ声が言いたいのはきっとこういうことなのだった。父親から継いだ会社をほったらかすとは、とんでもないことだ……。どちらも静かにジナウラの名前を思い浮かべ、二人して、まるで銅片のごとく滑らかで静かに暗い水面に浮かぶカヌーを眺めていた。おれはグラスをもう一杯飲み、勇気を奮い起した。

どうしてここに来たか、おわかりかどうか？　森から来た娘のことなんだ。エスチリアーノ、気まぐれではない。孤児らの生活は、カミナウ修道院長が仕切っている。

彼は、暗い水面に浮かぶカヌーを眺めながら飲み続けていた。

ちょっとでいい、友人の息子に力を貸してもらえないだろうか？
ただある老人がある若者を見るように、おれのことを見ただけだった。情状酌量的とも高圧的ともいえる視線だった。憐憫や同情はまったくなし。ワイングラスを手に取ると、立ち上がって居間に入っていった。数分待ち、それから一時間、さらに途方もない時間を待って、とうとう空は夕焼けに染まった。居間のほうを見ると、彼は開いた本の前に座り、一枚の紙の上に頭を屈めていた。本の言葉を写していたのだ。巨体が居間いっぱいを埋め尽くし、男はしきりに書き写していた。終わると、インクを乾かすために紙に息を吹きかけ、ワインを飲みながら、黙って読み返した。狩りを終え疲れた動物のように息をついた。テラスに戻ってくると、おれに二枚の紙を渡し、不本意さを声ににじませながら言った。これを校長に送り、自分の気持ちはこの詩にあると便箋に書け。

ふたたび居間に入り、おれはひとりテラスに残された。暗がりの中で、その場で詩を読んだ。あるスペインの本から書き写された不可思議な詩だった。

フロリッタがその詩と便箋をカルメル高校へ持っていった。詩に何ができるかって？

おれにとっては奇跡以上だ。カミナウ修道院長はおれと話をするために校長室へ呼んでくれた。簡素な室内が印象的だった。部屋は貧しい仮設博物館のようだった。床には陶器の置物と、もう存在しないインディオの部族の儀式用の仮面と骨壺の欠片が置いてあった。この辺りで最初に説教をしたカルメル会士の名前が壁に刻まれ、その両脇には聖テレジアと十字架の聖ヨハネの顔が描かれた油絵がかかっていた。

カミナウ修道院長はおれに椅子を勧め、二枚の紙を手にとり、強い抑揚をつけてスペインの詩を朗読した。その女の声を羨んだ。イメージや感情が単語の音とともに膨らんでいった。全体を読み終え、紙に目を落として言った。

エスチリアーノ先生の字ですね？　お父さまは先生が大好きでいらっしゃいましたね、でも、その好きにも限界があったのは、ギリシア人の先生が不可知論者だったからですね。ギリシア人ではありません。先生はアマゾンで生まれて、レシフェで勉強されています。たしかにここで生まれられましたが、私たちの教会で祈られたことは一度もありません。それからあの孤児のことを話した、働き者で頭もいいですね。主の端女としてカルメル会の修道女になってもよかったくらいです。一度はその気になったのですが、やめました。あの娘たちの考えについていくのは難しいですね。ある日はこれがいいと言っても、次の日にはもうきれいさっぱりと忘れているのですから。熱心には祈りますが、なにも信じていない。でも、私たちの人生は、神さまが一番よい道を選んでくださいます。

彼女はどこから来たのですか？

どこかからでしょう。

でもこの島ではないですね。

カミナウ修道院長が紙を返してきた。

この詩をときどきお読みください、歳をとられるまで。もし私のところにいるあの孤児の娘がいいと言えば、五時に広場であなたに会わせましょう。でも、土曜日だけですよ。孤児院の寮には決して近づかず、ここにも二度とお入りにならないでください。私どもの修道院にはなにもくださらなくて結構です。すでにお父さまがたくさんくださいました。

おれとジナウラの物語はその週に始まった。彼女はおれとつきあいたいと言った。おれもいまじゃこんなよぼよぼだが、昔は男前だった。それにまだ財産もあった。それは重要だ、だろう？　と、おれは思っていた。だが、富だけでは十分じゃなかった。というか、それほど役には立たなかった。おれらは毎週土曜日に会うだけで、ほかの曜日の午後に、デートのための時間はなかった。孤児院の規則が厳しかったんだ。鐘が鳴って少女たちは朝の五時に起きる。六時と十二時と寝る前に祈りを捧げる。祈りの後には、近所じゅうに修道女の声が鳴り響いた。我が主イエスキリストに賛美、そして孤児たちが唱和する、いついつまでも。寮の食堂では沈黙して食事をとり、トイレに行きたい孤児がいたら、テーブルを叩く。夜の八時には沈黙の鐘が鳴り、副校長の修道女が寮を見回る。おれはまた孤児は祈りと縫物と勉強だけをするのかと思っていたが、彼女らはもっとたくさんのことをやる。朝は畑で仕事をし、祭壇と聖人の御像にはたきをかけ、寮や教室の掃除を手伝う。夕方、授業が終わると、聖堂に行ってカルメル会の修道女といっしょに感謝と祈りを捧げる。それから週に一度、黙想することも知った。孤児はひとりずつ暗い部屋に入り、ろうそくの明かりの照らすイエスの聖心の前で、ロザリオの祈りを一巡唱える。静かな恋だった。ときどきおれは夢の中でジナウラの声を聞いた。やさしい声で、どこか歌うように、川底にあるもっといい世界のことを話した。突然、黙ることがあって、なにかにおびえているようだったが、夢はそれが何か教えてくれなかった。

ある土曜日にはにこにこして、おれを驚かせたと思ったら、その次の週は、まるで死んでしまいそうなくらいにひどく悲しい表情だった。悲しいときのほうが、唇もあるべきところに戻って顔も定まり、きれいだった。孤児院で一番年上ということもあって、ひとりだけデートが許されていた。最初はこんなかんじ。二人で手をつないで広場のベンチに座る。当時この町の恋人同士はみんなそうだった。いつ孤児院に入ったかは絶対に教えてくれなかった。おれは沈黙に慣れ、夢でしか聞けない声にも慣れた。

フロリッタが言うには、何人もの孤児がリングア・ジェラルを話し、ポルトガル語を勉強して、インディオの言葉は話すことが禁じられていたらしい。アンジラ川とかマムル川や、ハモス水道の集落や村や、アマゾン川中流域のほかの場所から来た人もいた。一人だけかなり遠いところの、ネグロ川上流のほうから来ている子もいた。彼女らのうちニャムンダ出身の二人は、行商人に拉致された後、マナウスの商人や政府のお偉いさんに売られたという。校長の友人だった判事の命令で孤児院に送られてきたのだ。ヴィラ・ベーラでジョアナ・カミナウ修道院長は、神の判事として知られていた。子どもや女たちを商品と引き換えに人身売買することを禁じたり、妻やメイドに暴力をふるう男どもを告発したりしていたからだ。だが、土曜日におれらを監視しに広場まで来たことは一度もなかった。

夕方の六時の鐘がなると、ジナウラは教会のほうを向いて跪き、目を閉じて、両手を胸のところで合わせた。あるときは、祈った後で、自分からおれの膝の上に座り、おれが抱こうしたら、飛び上がって逃げていった。おれは木の棒ほどにがんがんに固くなった。ほかの土曜日も何度か、聖心広場を通った人がおれの脚のあいだに身を沈めるジナウラをみかけた。狂信的な女どもはフロリッタに言いつけた。たしかにおやじの言うとおり、おれはインディオの女や貧しい少女に手を出す女たらしだと。そんなことクソ喰らえだ。おれは次の土曜日が待ち遠しく、黙ったままの顔を見ているだけで報われる思いだった。

七月のある日、広場の物乞いがフロリッタに封筒を渡した。ジナウラからのメモだった。

守護の聖母祭。行かない？　祭りは七月十六日の夜で、いまでも町は熱気に包まれる。巡礼客がアマゾナス州やパラ州の奥地からやってくる。おやじがマナウスから大勢の信者を連れてきたのを憶えている。宿泊と食事を船内で済ませ、夜になると聖母に向かってアマンドの保護を祈る。おれは、祈りを聞きながら、甲板で火の灯るろうそくを手にした信者らを見ていた。まるで船全体が炎に包まれ、アマゾンの河岸で照らされる巨大な蛇のようだった。七月のアマンドは金に糸目をつけなかった。広場の飾りつけや、カルメル教会の塗り替え、修道院や教区の教会も塗り替えた。ハンセン氏病患者には服を新調し、聖母にはマントとロープを捧げた。ミサの後には、人々にカメの卵もふるまった。

まだ幼いころ、アマンドに引っ張られて二度ほど祭りに行ったことがあった。二度めのときにおれは逃げた。おやじと管理人のアウメリンドが町中を探し回り、ようやくみつけたのは翌日の明け方、おれはフロリッタといっしょに彼女の部屋のハンモックで寝ていた。おやじが入ってきたとき、おれは目を瞑った。フロリッタが起き上がり、アマンドの怒りを和らげるために窓を開けた。おれは気分が悪くなり、腹の調子が悪かったのだと言った。

ハンモックから出ろ、おやじが命令した。

目を開けずに従った。一発めの平手打ちを喰らい、顔が熱くなった。おれはもう一度ハンモックに投げ飛ばされた。おやじが覆いかぶさり、もう一発、今度は耳を叩かれた。叩かれたときの音が、まるで頭に貼りついた虫のようにじーじー鳴った。抵抗は不可能だった。おやじはいかついコルドヴィウ、指も太ければ、手も大きい。そのときフロリッタが嘘をついたと白状した。アマンドは、家から追い出すぞと彼女を脅し、おれは強制的に一か月間、管理人のところに住まわせられた。彼らの食べ物を食い、裏庭の掃除をさせられた。最初の夜は天井裏で寝た。というか、暑すぎて寝られなかった。ほかの夜は、屋外でハンモックを吊って寝た。翌年、アマンドはおれに無理やり聖母祭に行かせた。

ジナウラの招待状を読んで思い出したのはそれだった。もう大人になり、アマンド・コルドヴィウはこの世にいなかった。

七月十六日の午後、孤児と寮生がイエスの聖心広場に一列になって入っていった。だれも制服を身につけていなかった。金持ちの家の娘らは、孤児らから離れたところにいるのがみえ、タプイアの少女らは、恥ずかしさと貧しさから小さく輪になっていた。だれもが守護の聖母祭が大好きだった。一年で一番自由な日だったからだ。料理や菓子にかぶりつけたし、夜の十時まで踊って歌うことができた。もっとも大胆な女らは、こっそりと川辺へ抜け出し、マナウスやサンタレンの若い男らといちゃついた。なんでも聖母祭りの夜は、三人か四人の孤児が身ごもったというが、本当かどうか知りたいとも思わなかった。おれが一番望んでいたのはジナウラに会うことだった。寮生の合唱を聞き、それからタヴァーリス・トリオが、小型の四弦ギター《カヴァキーニョ》とバイオリンとインディオの打楽器のニャペを伴奏に歌謡《モジーニャ》を演奏した。夜になると、司教は、静かに七人の孤児の懺悔を聞くように言った。

最初の孤児が語ったのは、ある雨の夜のこと、彼女がコブラ・グランジという蛇の妖怪に抱かれ、あまりの昂奮で、島じゅうが揺れ、そのためにアマゾン川が彼女の家を水に沈めたというものだった。その後、彼女は跪き、そんな冒瀆的な話をどうか頭から追い出してくださいと祈った。ほかの懺悔はほとんど憶えていないが、最後のだけは憶えている。もう広場には明かりが灯り、娘が話し終えたとき、おれの体は汗びっしょりで、ぐったりとなっていた。懺悔した少女の名はマニーヴァといった。痩せっぽちのちびで、市会議員の家で働くためにかなり遠いところから出てきたが、けっきょくは孤児院に入ることになった。その前にネグロ川上流の教化村で勉強していたため、ポルトガル語は話せた。ヴィラ・ベーラの孤児院に入る前は、血の夢を見ない日はなかったという。私の血は悪夢でした、懺悔した少女は言った。十二歳のときでした、そのときはもう孤児院に入っていましたが、ヴァギナから血が流れだすのを見て驚きました。それが最初の血。頭がずきずきしはじめ、あまりの痛みに叫んだら、おじさんが哀れに思って、村の祈祷師のところへ治療に連れていってくれました。だが、マニーヴァは、家には入れてもらえなかった。というのも経血は祈祷師には害悪だったからだ。神聖な血。禁じられた血。それは雷、水、魚といった自然の精から送られたもの、そして死者の精からも送られたものだった。そこで祈祷師はこのように語った。この世の創り主は、生理中のあなたの姪御さんが眠っているあいだに、ヴァギナからパリカ*の葉の粉をしゃぶった。その粉の一部がアマゾンの人々の大地に落ち、森全体に広がったのだが、実際にその草の粉を嗅ぎ、世界を見ることができるのは祈祷師だけ。祈祷師だけが目を開く力を持ち、生き物の姿を変えたり、創りだしたり、治したりできる。そして娘はこう聞かされた。祈祷師が血、すなわち粉を吸うと、祈祷師は死ぬ。つまり魂が身体から出て、別の世界に行く。もっと古い、あらゆるものの始まりに行くのだと。祈祷師は雲に向かって両手を広げ、空を抱いて歌う。それから座り、何度もパリカの粉を、ワシの脚の骨といっしょに嗅ぐ。そうやって別の世界をおれらの世界に持ってくるのだと。祈祷師は、動いている雲を見ながらこうも言った。いま自分は永遠の聖なる世界にいる、だから人間の世界に働きかけられる。彼には私には見えていないものが見え、私たちのだれにも見えないものが見えていたのですと、マニーヴァは言った。自分の身体の骨も見えていたし、魂がはるか遠くへ旅をして、大地の底に流れる川の河口まで行くのも見えていました。その後、彼はそのままもうひとつの天に続く階段を上っていきました。そこ、最後の段を上りきった上界には一番古い祈祷師が住んでいます。一面銀

＊　マメ科（Anadenanthera 属）の植物で、治療や儀式に用いられ、幻覚作用もある。

色に光る白い空。新しい世界。病のない世界。

祈祷師が話をやめたとき、マニーヴァの頭はもうずきずきしなくなっていた。それ以降痛むこともなかった。だが血の悪夢は一生彼女を苦しめた。そしておじが死んだとき、彼女はマナウスへ行き、その後、行商人といっしょにヴィラ・ベーラにやってきた。旅と血の夢を繰り返しているうちにカミナウ修道院長に出会い、悪夢をなくすために修道院長といっしょに祈った。祈祷師の言葉はもう思い出したくない。そう言って十字を切って跪き、身体を揺らして泣いた。それから天の方へ両腕を差し出し、神とカルメル山の聖母の名を叫んだ。巡礼者らと孤児らは歓声をあげて拍手をおくったが、おれは懺悔した少女と血の悪夢のことを考えこんでしまった。マニーヴァ、巡礼者、孤児、修道女、みんな頭がおかしいんじゃないか？　聖母への賛美の中で、ラベンダーの香がし、首筋がぞくぞくし、まるで幻想の世界だった。振り返ったら、ジナウラの唇がおれの顔に触れた。ジナウラは知らないうちにやってきていて、暖かい手で愛撫してくれ、おれは舞い上がった。ジナウラの身体を感じ、汗をかきはじめ、三人の太鼓奏者と女性のダンサーが舞台にあがったときまでいっしょにいてくれた。かつての逃亡奴隷の村の残存のキロンボから来たシレンシオ・ド・マタという音楽グループだった。その晩のサプライズ・ナンバーだった。男性メンバーのひとりがたいまつに火をつけ、炎の熱で太鼓の蛇皮を伸ばした。女性ダンサーが大声で、この公演は聖母へ捧げると言った。それから彼女は舞台の中央でひとり踊りはじめた。奏者らは静かなまま。静けさの中の踊りは圧巻だった。そのまま何分かがたった。一度だけ、太鼓の音が雷のように強くなった。ジナウラは汗ばんだ手でおれの腕をぎゅっと握っていた。腿が震え、両脚が地面を叩いていた。と突然、おれを放すと、舞台に駆け上り、踊りはじめた。大歓声が上がり、それはもう信仰の歓声ではなかった。彼女は動きとリズムを真似、肩がはだけ、おれには目もくれず、空を見上げていた。たぶんなにも、だれも見えていなかったと思う。踊りに乗っ取られ、世界に対し盲目になっていた。まるでリハーサルをしたかのようにいっしょに踊っていた。最後には抱き合い、ジナウラは舞台の後ろから出ていった。消えた。あんなに移ろいやすく、ふわふわした心を持った女をどうやって理解したらいいのだろう？　おれは演奏者とダンサーのところへ行って話したが、彼らはジナウウラを知らなかった。孤児と寮生は学校に入り、巡礼者も船や家に戻っていった。おれはひとり広場に残された。人はだれかを理解しようする、だが、みつかるのは沈黙だけ。

あの落胆と郷愁の午後はいまでも思い出す。そしてのろのろと流れる日や眠れない夜も。マナウスからは電報が四通、五通と届いたが、おれは腹立ちまぎれに破り、読むことはおろか、開けもしなかった。フロリッタの苛立った声が訊く。もしなにか緊急だったらどうするの？ そして言う。そのうちエスチリアーノ先生が話しに来るわよ、そう言ってちぎった紙片を拾い、なんとか単語をつなぎ合わせてメッセージの意味を取ろうとした。十二月のある午後、おれはふだんより早く広場に着いたので、生ぬるいベンチに横になり、眠った。五つの鐘の音で目が覚めたとき、逆光の中にジナウウラの顔が現われた。ダンスのことを聞く間も、起き上がる間もなかった。驚いた大きな黒い目が見えた。夢だったのだろうか？ だが、おれがほしかったのは夢じゃない、幻想ではなく、目の前にいる彼女だった。おれは指でジナウウラの口を撫で、激しい息遣いを感じ、おれの顔の上を開けたまま滑る口の震えと汗を感じた。接吻の悦楽に浸っていると、途中で乱暴に噛みつかれるのを感じた。叫び声をあげたが、痛みというよりも驚きからだった。話そうとしたが、舌から出血していた。混乱の中でジナウラは逃げた。

カルメル高校では、寮生のひとりが、おれがジナウラに抱きついて接吻したと言った。金曜日の朝、フロリッタは、彼女が水中の町へ旅立ちたがっていたことを聞いてきた。

そんなばかな話をだれがしたんだ？

イロよ。イロというのは、この広場に住む使い走りだった。

おれはイロを追いかけたが、市場の傾斜路でエスチリアーノに追いつかれ、埠頭に連れていかれた。彼は蒸気船のアタフアウパ号に乗っていて、ヴィラ・ベーラに引っ越す前に数日を過ごすためにベレンに向かうところだった。電報を読んでいないのかと訊いた。そして続けて言った。支店長があんたと話をしたがっている。もう社員の給料を払えず、あんたへの送金もできないそうだ。

会社の状況が悪いのか？

ゴムの輸出が激減した。

なにかが怪しいと思った。エスチリアーノはすべてを話してくれていなかったのだ。おれは彼よりも心配になったが、知りたい気持ちをぐっとこらえた。

明日、アンセルム号がヴィラ・ベーラの港に到着し、その後マナウスへ向かう、彼は言った。

おれは迷惑そうにエスチリアーノを見た。明日？　土曜日？　だめだ。

アルミント、おまえはあの娘にいかれてしまった。

それでもまだしわがれ声が、おれに行くべきだと主張するのが聞こえた。エスチリアーノの言うとおり。おれはジナウラにいかれていた。おれは知りたかった。彼女がなぜ過去を隠すのか、なぜ踊ったのか。なぜ自分から接吻をしたのか、なぜ舌から血が出るほど乱暴に噛んだのか？　おれは夕飯も食わず、フロリッタの話にも乗らなかった。土曜日の朝はどんよりとし、港ではアンセルム号に燃料の薪が積み込まれた。アルネウがホワイトパレスに立ち寄り、おれに船上で昼飯を食わないかと誘ってきた。おれは自宅で食うと答えた。町で降りる乗客はだれかいるかね？

アルネウは三人の客を挙げた。老人が一人と女が一人、それから青年が一人だ。

ベレンのベカシス一家だ、彼は言った。女の名前はエストレーラ、息子はアザーリオ。

ヴィラ・ベーラに引っ越してくるらしい。

初めてエストレーラの巻き毛を遠くから見たとき、彼女は息子と手をつないで歩いていた。老ベカシスは荷物を運ぶ馬車のあとを歩いていた。エストレーラの姿を見て、おれの精神異常は休止した。アルネウは阿呆になったかのように新参の女の肉体を眺め、評しはじめた。アンセルム号で一番の美女だ、ヴィラ・ベーラの男どもを狂わせるにちがいねえ。それを聞いていい気はしなかった。そいつは親切な奴だったが、どんな女にもすぐに惚れるところがあった。そしてそれをいちいちおれに披露し、高嶺の花に鼻の下を長くするのだった。乗客の情報を流すだけで、どれだけのチップを稼いでいたのだろう？　そいつが遠ざかる横で、おれは三人の新入りを目で追った。老ベカシスは、居酒屋ヴィアジャンチ前の歩道で立ち止まってジェネジーノ・アデウと話した。それから娘と孫といっしょにサロミットの宿へ向かった。

食欲もなく昼飯を終えたが、広場へ行くにはまだ早かったので、居間のハンモックに横になり、エストレーラのことを考えた。彼女のことを考えたのは、ジナウラのことでそれ以上に苦しまないためだった。川から吹く風で居間の暑さはいっそう増していた。アンセルム号へ行かなかったのは意地だったのか。熱情と欲望のせいだったことはたしかだ。汽笛、エンジン音、外輪があげる水しぶきの音、すべてが消えていった。煙突のけむりが窓の空隙を覆い、身体が萎えるのを感じ、強い眠気に襲われて、おれは見知らぬ場所に連れていかれた。エストレーラの髪の毛が、水面に焔のように揺れるのがはっきりと見えた。顔を見ると、それはジナウラで、その声が静かに、私たちが平和に暮らせるのは川底の町だけよと言うのが聞こえた。

それから波立つ泥水の中に、今度は威嚇するような目を向ける真剣な男の顔が現われた。おれは大声でなにかを言い、息苦しくなったところで、その像は消えた。見知らぬ町で独りぼっちだった。目を覚ますと、口を開け、ぜんそくのような息をしていた。濡れたシャツを手でまさぐると、フロリッタの顔が見えた。

溺れているような叫び声が聞こえたので、助けにきたのよ。

そう言いながら、彼女にはおれの夢がお見通しのようだった。おれはフロリッタの言葉に驚いた。見透かされた相手に対する恐怖。ごまかそうと、おれはシナモンの精油で風呂の支度をするように言った。おれが香水の香を漂わせ、こざっぱりとしたのを見て、彼女はでかけるべきではないと言った。

どうして？

答えなかった。おれは自分の直感を信じた。五時になる前にヒバンセイラまで行き、クイアラーナの幹に寄りかかった。アマンドが死んだところだ。地面では、風で花が引きちぎられていた。ちょうどこんな午後のような空だった、大きな厚い雲。人気のないマタドウロ通り。あまりに待ち遠しくて、鐘が五つ鳴ったとき、身が震えた。すると彼女がひとりで現われた。白いドレスを身につけ、腕を露わにしていた。いっしょに木の下に座り、幹は花でいっぱいだった。ジナウラの腕と肩を愛撫し、その顔をうっとりとみつめた。目に浮かぶ欲情が大きくなった。おれはなにも訊かず、なにも言わなかった。喫緊の愛にはどんな言葉も無用だった。強い風が吹いていた。彼女は雷にも驚かず、おれの抱擁からも逃げなかった。おれは思考の中で言葉を待った。いつかいっしょに旅に出よう、別の町へ行こう。彼女は、夢の中にいるようにアマゾンの対岸をみつめていた。結婚しよう、その後はマナウスかベレンで暮らそう。いや、もしかしたらリオで。雨が滝のような音とともに近づいてきた。まるでこの町とこの世界に二人きりのようだった。彼女は濡れた地面に身を横たえ、褐色の肌にドレスの布がはりついた。おもむろに服を脱いだ、ペチコート、コルセット、そしてブラジャー、一糸まとわぬ姿で立ち、次におれの服を脱がせ、おれをなめ、欲情を丸出しにしてしゃぶった。それから二人で大地の上を転がり、ヒバンセイラの塀まで行って、ふたたび木まで戻ってきて、二匹の飢えた獣のように愛し合った。どのくらいのあいだそうしていただろう。ぴったりと身体を寄せ合い、肉の髄まで熱さを感じながら。その美しい肉体もろくに見ることができず、彼女の愛し方に圧倒されていた。踊り子。嫉妬がおれを焦がした。それを忘れ去りたくて、空を、木を、教会の塔を見上げた。

花が濡れたまま落ちてきて、おれの目を覆った。雨滴が顔に当たる音で目が覚め、うかつにもほとんど凶暴ともいえる欲情に駆られてジナウラに接吻をした。肌に触れ、身体に接吻をしたかった。それ以上を求めたかった。目がだめだと言っていた。耳をジナウラの唇にあてたが、雨が音をかき消していた。しかし、唇から読み取ることができた。ある物語。どんな？　彼女は服を着ると、ある仕種をした。そこで待ってて、すぐに戻ってくるから。まるで脅しから逃げるかのように走っていった。おれは後を追いかけたが、広場の真ん中で立ち止まった。戻ってきて、服を身につけ、その場所で待った。雨はまだ降っていた。とそこへ校門のところにだれかが現われた。ジナウラと呼び、近寄ってみると、男が倒れていた。膝をついている。使い走りの物乞いが黒い傘を持っていた。ぐったりしている。イロが呻き声をあげた。彼は高校の食堂の残飯を待っていたのだ。おれはポケットから濡れた札を取り出して、男の腹の上に投げた。

神は父。

変わった奴だ。立ち上がると、広場を突っ切って、マタドウロ通りのところまで行って立ち止まり、大笑いをした。理なき笑い。おれはカルメル高校の前に佇み、ジナウラの秘密は何なのかと考えた。あるいは彼女が語りたい物語とは。おれは、罪の意識は感じていなかった、感じていたのは嫉妬だ、知っているかもしれないが、だれかはわからない人への嫉妬。知っている人の顔を一つひとつ思い浮かべ、ヴィラ・ベーラの男全員を憎み、怒りと嫉妬にもだえ苦しんだ。家に帰る途中、瓶を片手に飲む二人の男が目に入った。居酒屋ヴィアジャンチに入り、ワインを一本注文して、歩道に座りこむと、アデウやほかの客らの視線に耐えながら、おもむろに飲んだ。奴らは笑いながらおれを見ていたが、その笑いには冷やかしが見てとれた。何を笑っている？ 店主の老ジェネジーノがおれを挑発してきた。

おまえが孤児と結婚するって、噂で持ち切りだぞ。

みんなってだれだ？ てめえのクソみてえな客か？

そいつはひげを撫で、レジを力いっぱいに叩いて言った。

てめえのじいさんのような奴はこの店は立ち入り禁止だ。

おれは瓶を歩道に置き、店に入った。ジェネジーノ・アデウがけんかを買おうとカウンターを回りこんで出てきたが、息子のひとりがおれらを引き離した。

エジーリオ・コルドヴィウの悪評はいまも年寄り連中の記憶の中に生きていたのだ。おれは、別の想い出も重なって、茫然とそこを出た。濡れた肌、ラベンダーの香、雨の夜にあんなに激しく接吻を浴び、抱かれた身体。家に入るなり居間のハンモックに倒れこんだ。目が覚めると、日曜日は洪水の嵐だった。昼夜雨は降り続き、それが一週間続いた。アマゾン川がすべてをさらっていた。杭上小屋の残骸、漂流するカヌーや小舟、牛の群れが乗ったいかだ、つながれたままの牛が恐怖の鳴き声をあげていた。サンタ・クラーラ港は水中に沈み、マクラニー川とパラナネーマ川が町の低地帯を呑みこんでいた。管理人夫婦は差し掛け小屋にハンモックを吊り、夜通し雨止めの歌を歌い、祈った。そして雨が止んだとき、おれはフロリッタと土手の上を歩いた。ヒバンセイラ近くのカルメル会の高校と孤児院は浸水していなかった。だが、河岸にあるヴィラ・ベーラの町は両生類と化していた。屠畜場は骨と肉片が浮かぶ泥海となり、上空をハゲタカが飛んでいた。四肢や内臓が濁水に浮かび、その状態が市長邸宅の玄関まで続いていた。残骸は町から遠いところに埋められたが、腐敗臭のせいで市長は引っ越しを余儀なくされた。こんな話を憶えているのも、あの数日間、おれはなんとかジナウラと話そうと手を尽くし、知らせを待ちながら屠畜場の肉の腐敗臭に耐えなければならなかったからだ。そこへおれは彼女が完全に隔離されたことを知らされた。一か月の面会禁止。校長命令ではなく、ジナウラ自身の決断だった。だが最悪の知らせは、支店長からの電報だった。パラ州でエルドラード号難破。至急マナウスへ来られたし。

港での噂は一致しなかった。ある人はエルドラード号の船長が酒に酔っていたと言った。サン・フランシスコ・ダ・ジャララッカの愛人に会うためにルートを外れ、そこへ雨が降り、過積載も相まって事故になったのだと。またリグレ・ブラジリアーナ汽船の船長はより正確な情報をくれた。クハリーニョとカメレアォン灯台のあいだにあるカイン島の砂州に乗り上げた。アマゾン下流域のブレーヴィス方面にある島だ。貨物も船体も全滅。居酒屋ヴィアジャンチでは、ジェネジーノ・アデウ家が難破を祝っていると言われた。

あんたの不幸を祝ったんだってよ、フロリッタが言った。何をぼおっとしているの？

すぐマナウス行きの船に乗らなきゃ。

おれの優柔不断はまだ数日間続いた。エスチリアーノはベレンで、いつ戻るかわからない。ある日の明け方、フロリッタは、おれが居間のハンモックで寝ているのを見かけ、床に座った。夜が明ける前に、次の蒸気船でマナウスに行くべきよ、と静かな声で言った。あまりに何度も繰り返すので、それが正しいのだろうという気になった。だが、金。そう、それ。おれは行きたくなかった……。ジナウラとの愛の夜、いっしょにいたいという気持ち、これから迎える二人の夜……。だが金がなくて、どうやって生きていける？

フロリッタは、ビリヤード場からおれを連れ出した。ジナウラとの結婚披露宴をするために家を準備すると言った。一か月いなくても熱愛は冷めないわ。おれはその言葉を頭に、蒸気船インディオ・ド・ブラジル号に乗りこみ、川を上るあいだの眠れぬ夜に、エスチリアーノから借りた小説を読んだ。思い出すのは父親役のある登場人物の言葉だ。役立たずでうだつの上がらんみじめな息子は要らん。そんな息子は我々の家名を継ぐ資格もないし、会社も繁盛させられん。読んだ後、おれは落ち込み、心配になった。そんな状態でマナウスに夕方到着した。使いの子を支店長の許へやり、事務所には翌日の朝に行くと伝えさせた。あれは運の悪い日だった。中心街でひと騒動あったせいで一時間以上遅れた。興奮した群衆が叫び声をあげながら九月七日通りを走っていった。抗議運動かデモかと思った。だが、泥棒へのリンチだった。裸同然の男が馬の引く荷車に括りつけられているのが見えた。哀れな男に人々は石を投げつけ、背中をベルトで叩いていた。馬はいないないたが、人間の痛みを抑えることはなかった。その後、警察が泥棒と馬と荷車を引きずっていった。そばを通ったとき、見ると男はあのサトゥルノの下宿生だった。ジュヴェンシオのほうはおれに気づく力もなかった。赤い目が、腫れあがった顔の中で死んでいるように見えた。

支配人は事務所の窓からその光景を見ていた。初めておれを真正面から見た。緊張した面持ち、手をズボンのポケットに入れていた。座りもせずに話しはじめた。ブラジル・ロイド汽船やアマゾン航行会社など大手企業はすでに運送料を下げている。君の父さんはエルドラードの保険の更新をしていなかったし、会社にはまだ多額の借金がイギリスの銀行にある。

エスチリアーノは知らなかったのか？

それはドトール・コルドヴィウの仕事だったからね。君の父さんは、保険証書の署名はだれにも任せなかった。更新するところで、死んじゃったんだ。

支店長はさらに続けた。エルドラードの難破で、アドレル社はゴムとパラ栗に八十トンの損失を出し、会社を相手に訴訟を起こしている。マナウス・ハーバー社に払われるべき港湾使用料も未払いだ。憂鬱な話ばかりで腹が立った。おれはなにも知らなかった。無知がおれの弱点だった。支店長は話をやめ、座って机に肘をつき、額に指を当て、おやじの写真に賛美と郷愁の視線を注いだ。おれはアマンドを、たとえ壁にかかっているものでもまともに見られなかった。おれは呟いた。会社は沈没だ。だれかが小声で言うのが聞こえた。臆病者。

何と言った、支店長に訊いた。

同じ姿勢のまま黙りこんでいた。おやじの写真がおれに挑んでいるように見えた。臆病者。役立たず。アマンド・コルドヴィウの声だった。いつもの言葉。それともおれの記憶が、何度も聞かされたその言葉を繰り返していただけか？　その日の午前中、おれは支店長といっしょにイギリスの銀行に行った。

借金。考えただけでも、たまらなく苦しくなる。どうやら雨になりそうだ。このむんむんとした蒸し暑さ……。こうも暑いんじゃ、とても息苦しくて、一杯やらずには、やってられん。昔はワインしか飲まなかった。だが、いまはキャッサバで作ったタルバ酒を少し飲むようになっている。サテレ・マウエ族のインディオのうまい地酒で、分けてもらっている。これを飲むと息苦しさも和らぐ。記憶も絶望的にならず甦ってくる。すると気持ちも落ち着き、おれは目を閉じる。話は目を閉じていてもできる。

それと同じ息苦しさを、銀行の役員からアマンドの署名が入った書類を見せられたときにも感じた。巨額の借金。おれはくらくらしながらそこを出て、市電に乗って屋敷に行き、エスチリアーノをマナウスで待った。

十日後、彼は現われた。もうすべてを知っていた。おれが世間知らずだったのか、それとも無責任だったのか。その両方だ、と考えた。だがおれは、保険の更新はおやじにしかできなかった、そう訴えた。

ベレンの新聞で難破の報道を見たんで、来るのを早めた、と彼は言った。そして実はもう一週間前からマナウスにいると明かした。

時間を無駄にしたくなかったんだ、と続けた。判事とも話し、銀行とアドレル社の役員とも話をした。

彼の説明によれば、二隻の平底船はマナウス・ハーバー社のところに係留されていて、裁判所に押収されている。クズ同然の古い船だから大した価値はないが、売ることはできる。価値があるのは、ドイツ製の貨物船のエルドラード号だ。

おれは支店長の軽率さを責めた。そもそも借金は防げたのではないか。エスチリアーノは態度を変えなかった。支店長はおやじの影法師だ、影法師にすべてを考えろと言うほうが無理だ。

でも、平底船を二隻とも売る必要はあるのか？

あんたは全部売らにゃならん。この屋敷も、会社のビルも、フローリスの土地も。

そんなこと、どうして認められる？　おれはジナウラと結婚したいんだ。彼女と旅をしたいんだ。

あんたは別の世界に住んでいる、エスチリアーノは言った。全部売らなかったら、逮捕される可能性もある。アマゾンの小さな船会社はどんどんつぶれている。この屋敷を出て、町を歩いてみろ。あの娘がおまえを脳たりんにして、分別を奪っちまった。この目無し。

エスチリアーノは、おやじの物語に染められていたが、とはいえ、いくらアマンドでも破産を回避できなかっただろうとはわかっていた。運命ではなかった。この物語には運命はない。おれにはアマンドの夢もコルドヴィウの家系も興味なかった。おれがいま戦っているのは金欠病だった。

おれは町を市電でめぐり、郊外や中心街の水路沿いに建つ杭上住居や掘立小屋を見て、元ゴム採取人が寝泊まりする野営地にも行ってみた。バール・アレグリやイタリア系の食品工場やレストランの前の歩道では、子どもらが食べ物を拾ったり物乞いをしたりしようとして追いはらわれる姿を見た。九月七日通りの牢屋は満杯で、多くの長屋や店が売りに出されていた。それらすべてを見ても、ジナウラへの恋しさが募るだけだった。彼女に送った手紙の中で、起こったことを書き、会いたくて発狂しそうだ、大好きだ、好きだと口で言う以上に、自覚しているよりはるかに好きだと書いた。だけどすぐにはヴィラ・ベーラには戻れないと。

おれは待つことに屈した。屋敷を出て、エスチリアーノといっしょに裁判所に行ったが、会社に寄ることは避けていた。最後にそこに入ったとき、おれは支店長を罵倒し、そこから追い出し、その地位からも引きずり下ろしてやりたくなったが、しょせんそれらは一度もおれのものであったことはなかったのだ。エスチリアーノがおれを部屋の隅に連れていって囁いた。

うまくいかないときは、頭で行動したほうがいい。

おれは脳みそを使って行動できるあの男を羨ましく思った。どこかの神さまが与えた理性で行動できることが。二度と支店長に会うことはなかった。風の便りでは第一次世界大戦の終わりに、スペイン風邪にかかって死んだらしい。

一か月後、エスチリアーノはアルデル社とイギリスの銀行との合意を取りつけた。それでもおれはまだ資産評価に因縁をつけられなかっただけ運がよかったと言った。

ヴィラ・ベーラに帰る金もない。

屋敷の物品と事務所の什器を競売に出そう。

おれの帰りの切符はすでに買ってくれていた。屋敷のピアノと食器を売れば、いくらかの金は作れる。もちろんおふくろの指輪は言うまでもなかった。

なにもしない奴にぜいたくは言えん、残酷なほど冷ややかにそう言った。それにまだヴィラ・ベーラの資産があるじゃないか。あの豪邸は価値がある。

ああ、ボア・ヴィーダの農場もあるしな、おれは腹立ちまぎれに言った。

あるイタリアの商人が競売を落とした。おやじが死んで以来初めておれは札を数え、びくびくしながら計算した。ヴィラ・ベーラではフロリッタが浮かない顔で出迎えた。ホワイトパレスのファサードの壁は塗り直されていなかった。応接間や寝室の壁は湿気のせいで染みだらけだった。

あんたが家の修繕費を送ってくれないからよ、彼女は言った。

でも、その顔はそれが原因じゃないね。

言葉を選びはじめ、おれは待ちきれなかった。

何があった？

おれがぴりぴりしているのを察知して、壁までずり下がった。フロリッタがへそを曲げたら、もう口を開くことはない。彼女の目にはなにも読み取れなかった。おれはカルメル会の高校へ走り、中庭を突っ切り、孤児院の建物の階段を数段飛びで駆け上った。少女らが輪になって座っていた。静かに縫物をしていた。おれの姿を見ると立ち上がり、ハンモックの陰に隠れた。ひとりだけ、カルメル山の聖母のスカプラリオを手に握り締め、じっと立っている少女がいた。互いに阿呆のように目を見つめあった。おれはジナウラのことを聞いた。

ここには住んでいません。ここで寝たこともありません……。

寝たこともない？

囁きとざわめきが聞こえた。突然、全員が沈黙した。女性の姿が少しずつ階段をゆっくりと上るごとに現われた。褐色の顔にじろりとのぞく緑色の瞳、銀の十字架、茶色の尼僧服に包まれたがりがりの身体。背丈はおれとほとんど変わらなかった。カミナウ修道院長の隣には副校長の修道女がいた。おれに寮から出ていくように求めたのはこの修道女だった。おれは面倒なことになるのもスキャンダルもごめんだった。門のところでカミナウ修道院長が教えてくれた。

ジナウラはその近辺にいますよ。

ヴィラ・ベーラですか？

それはだれにもわかりません。

おれは修道女を見て、なぜおれに嘘をつくのですかと大声で訊いた。

あなたがあの娘にふさわしくないからです。あなたがアマンド・コルドヴィウの息子さんだなんて、どうしてそんなことがあり得るんでしょう？

おやじの名前がおれの感覚を狂わせた。その名前とその問いが。教会の鐘が、まるで黄色の塔の中に隠れた影のように見えた。あの雨の夜の物乞いのイロが、広場のベンチに座って、役にも立たない傘を脇に抱えていた。骨ばった手を差し出してきたが、おれがそのまま歩いていくと、おれの足元に傘を投げつけ、叫んだ。おまえなんか、溺れ死にしちまえ。

おれは振り向いた。

溺れ死にするのはてめえだ、この売女の子が。

おれは傘を蹴飛ばし、ヒバンセイラまで来たところで、クイアラーナの木陰で立ち止まり、ジナウラの運命を案じた。広場のベンチは見ないようにした。イロの言葉は思い出したくもなかった。だが、なにかがひっかかっていた。そいつを探したが、ベンチは空だった。ジナウラへの恋しさに不安が入り込んだ。もうみつけられないかもしれないという不安、物乞いの言葉に対する不安。

自宅ではフロリッタがおれの顔を見て、心を病んでいる人の顔だと言った。ジナウラが逃げたことを知ってたのか？　孤児院で寝泊まりをしていなかったことも知ってたのか？

答えようとせず、おれがジナウラに送った手紙が入った封筒を渡しただけだった。未開封。イロがここに置いていったわ、フロリッタが言った。読まれなかったラブレターは、悪い兆しだ。

そこでおれは物乞いから聞いたことを言った。

溺れ死ぬ？　たしかに私たちはこれからじり貧よ、それはたしかね。

おれにはまだ農場とホワイトパレスが残っていた。その家を手放したくなかったのは気まぐれだけではなかった。ホワイトパレスはおれの子ども時代の場所、だが、それをおれは維持できなかった。アウメリンドとタリッタはマンジオッカ《キャッサバ》やバナナを植え、豚と鶏を飼っていた。それが彼らの食糧で、余った分を魚と交換していた。だが、コメとかフェイジョン豆、砂糖やコーヒーや石鹸はおれがやっていた。おれとはほとんど口もきかず、いつも奥から出はいりして、まるで裏庭の主のようだった。あいつらから見れば、おれはコルドヴィウ家特有のずっしりした手を持たない、軽蔑すべきひ弱なぼんぼんだった。アウメリンドは、奥地から出てきた親戚を裏口から自由に出入りさせていた。大きな声で歌ったり喋ったりで、その騒ぎ方といったら遠慮なし。おやじもその騒々しさを我慢していたのを憶えている。ときどき管理人にはギターをやり、タリッタには靴一足をやっていたが、選挙前になると裏庭に行って、特定の候補者への票を頼んでいた。その親密さにおれは腹が立った。だってあまりに見え見えで打算的だから。けっきょくあいつらは、アマンドにとって底の底ではそのためだけ、つまり召使だったんだ。おれはフロリッタに、いつあいつらを追い出していいか訊いた。

今日でもいいわよ。タリッタは、私があんたの愛人だと思ってるから、私を憎んでいるわ。だんなのほうは、あんたの古い服を盗もうとした現場を取り押さえたからね。

なんでそんなことをゆるしたんだ？

だってアマンドはいつもアウメリンドに、自分の古シャツを自由に持っていかせたからね。あんたの父さんはいつも言ってたよ。あいつは盗んでいると思っているだろうが、おれはくれてやってんだって。

そこでおれは管理人らに、農場に引っ越すように言った。厭だと言った。二人の家と仕事を見つけてくれない限り、この裏庭から一歩も動きませんと。しょうがないのでレオンチーノ・バイロンと話した。アマンドが代父になってやった政治家だ。バイロンは地元のドンになることを夢見ていた。下院議員。どうか死んだおやじの管理人を助けてやってほしいと。政治家はおれを大歓迎した。こんなことまで言った。アルミントさん、アマンドさまに恩がない人なんてどこにいますか？　そうして町はずれに木造の小さな家を用意してくれた。そして力仕事も。墓場の掃除だ。家の裏には食べ物と倉庫。墓場ではわずかとはいえ給料が出た。楽な選択ではなかったが、おれはアマンドを神としてまつりあげる夫婦から解放された。

町でジナウラを探しはじめた。一軒一軒訪ねたが、住民らはいまもアマンドのプレゼントや恩義を憶えていた。役所の働き口とか、ウェディングドレスとか、おもちゃとか、ハンモックとか、船の切符とか、金という奴もいた。おれが愛する女のことを訊ねると、おやじの名前が返ってきた。フロリッタは、彼女は絶対にヴィラ・ベーラにいないと言った。なんでわかる？

別の世界を夢見る人がここにいるはずがないわ。ましてや恋を悔いている女ならなおさらよ。

おれが視線で問い返すのを待って、つけ加えた。ジナウラは魔法の町に行って暮らしているのよ。

フロリッタはまじめに言ったわけではないが、ジナウラはヴィラ・ベーラにいないと納得した。そこでジョアキン・ホーゾとウリシス・トゥピを呼んだ。そして不本意ではあったが、デニージオ・カォンも呼んだ。これらの水先案内人なら、これまでのインディオや川の住民と共に暮らしてきた経験から、秘境の傍流や川底の窪みも知り尽くしているし、リングア・ジェラルもわかる。フロリッタが、アマゾン川の真ん中に浮かぶ三艘の船を見て言った。これ全部があんたを捨てた女のため？

フロリッタの嫉妬は、エスチリアーノの沈黙ほど理解不能ではなかった。沈黙は厄介だ。おれの考えでは、彼はジナウラが好きじゃなかったんだ。独身男のやっかみか？　それともおれを完全に会社やマナウスから遠ざける原因を作った女への怒りか。

おれは舟方らの知らせをいまかいまかと待った。最初にやってきたのはデニージオ・カォンだった。行ってみると舟方は船べりに寄りかかって煙草を吸っていた。彼女はどこだ？

デニージオが下唇を甲板のハンモックのほうに突き出した。ハンモックのフリンジを開けると、少女の驚いた顔がのぞいた。奴はおれの質問を待つことなく、たばこの火を消し、この娘《クニヤンタン》はだんなの婚約者によく似てますら、と言った。生娘で、娘に手を出す伝説のあるアマゾンカワイルカも手をつけていない。パリンチンス山脈のふもとの集落の、カルデイラォン水道の娘ですら。

母親を亡くしたんでね、と舟方は言った。父親が分けてくれたんすよ。

おれは血が熱くなるのを感じた。コルドヴィゥ家の悪い血。デニージオは腰にナイフを持っていなかった。おれは嘘つき野郎の顔に一発平手打ちをかました。

この子のためにいくら払った？

白状したところでは、少女の父親には小銭をいくらか払い、ヴィラ・ベーラに来るまでにこの哀れな娘を犯した。ほとんど子どもで、恐怖と恥ずかしさで目を閉じていた。おれは少女をホワイトパレスに連れていき、警察に通報した。公営の刑務所に足を踏み入れたとき、いかなる司法手段も諦めた。建物は豚小屋。看守もげす野郎ばかり。拘留者というより犯罪者に見えた。信頼できる年配の舟方を雇い、少女をカルデイラォンに返した。最悪だったのは、デニージオが喜んで舟から飛び降り、笑いながらどこかへ行ってしまったことだ、まったく、この人でなしめが。

ジョアキン・ホーゾがその数日後、やはり悪夢を携えて戻ってきた。名無しの少女、ボア・ヴィーダ農場のところのウアイクラッパ川の集落の娘だ。娘を見ていたら頭がくらくらしてきた。悲しい天使、褐色の小さな顔、苦悩と沈黙に満ちていた。母親に死なれ、父親から暴行を受けていた。ジョアキン・ホーゾはそれを知り、父親という獣から解放させてやりたいと思ったという。

ジナウラはみつからなんだが、善行は施した、と彼は言った。

おれは困惑した。これがアマゾンの多くの哀れな娘たちの運命なのか、自分の娘に手を出すなど、どうしてそんな変態の欲望を父親が抱けるのか、おれは自問した。思考の悪戯か、悪魔の憂さ晴らしか。フロリッタをカルメル会の学校にやり、カミナウ修道院長にその娘の世話を頼ませた。そしてウリシス・トゥピを待った、この辺りの迷路のような川でも出口を見つけることで有名だ。彼の到着には驚いた。ひげが伸びて目が隠れるくらいだった。まるで別人だった。そして自信たっぷりに、ジナウラは生きている、だが、おれらの世界ではないと言った。魔法の世界に住んでいる、女王という特権的な待遇でだが、不幸な女だ。彼はそれを、かなり遠方の地区の川沿いに建つ杭上住居で聞いた。自らの影法師や幻像と孤立して暮らすインディオと白人の混血の田舎者カボックロらが教えてくれたという。ジナウラは魔物に惚れた、彼らは言った。女らを誘惑しては川底に連れこむ恐ろしい妖怪のひとつに捕らえられたのだと。そして彼女が住んでいる場所を描写した。たくさんの黄金と光で燦然と輝く町で、道や広場もきれいだ。魔法の町は昔話に出てくる町で、おれが子どものころに聞いたのと同じだった。まるで幸せと正義は魔法の場所に潜んでいると言わんばかりに、ほぼだれの頭にも思い浮かぶ町。ウリシス・トゥピはおれに祈祷師と話してほしいと言った。祈祷師の霊なら、川の底まで行って魔法を解き、ジナウラをおれらの世界に連れ戻してきてくれるかもしれない。そしてマウエ族の偉大な祈祷師にしてシャーマンのアンテウモ師についていくといいとも言った。彼なら川底の秘密を知り尽くし、水中の町に暮らすすべての魔物の長たるウイアーラとも話せるかもしれない。

こうした知らせがヴィラ・ベーラに広まると、おれは噂の地獄に追いまわされた。ある者たちは、ジナウラはおれを捨てて、蛙や大魚やアマゾンカワイルカやスクリ蛇を選んだと言った。またほかの者たちは、彼女は真夜中の十二時になると光り輝く舟に乗って現われ、川底の孤独な暮らしはもう耐えられないと、漁師たちに伝えたと言った。思い出すのは、ある日、フロリッタがホワイトパレスの玄関先に、魚がいっぱいに入った籠をみつけた朝のことだ。腹が開かれた魚、血まみれのえらや内臓、破裂した卵の臭い、胆汁そのもの。なんだ、これは？

あんたのいい人があんたにって送ってきたのよ、フロリッタが言った。半身女、半身魚でいることに疲れたんでしょう。

フロリッタの挑発か？　超自然の生き物の神話は、朝には消えるが、夜には戻ってくる。魚は屠畜場のクロハゲタカ《ウルブ》にやった。はらわたと胆汁の臭いが消えたころ、今度は水底の生き物に心を奪われ、追いまわされたという人たちからの手紙やメモ書きを受け取った。ある妊婦は、アマゾンカワイルカの顔をした赤ん坊を生む恐怖から、アマゾンの川辺で寝て、日の出のときに川に向かって歌っていると書いてきた。ある男は、ニャムンダ川の石に何千年も前に刻まれた碑文の夢を見て、自分は不死身だ、なぜなら魔法をかけられた人は死なないからと書いてきた。ある自称プレイボーイは、夜中に白人女性が現われたのを機に不能になってしまったとか。男と女のさまざまな物語、全員が夢に出てきた魔物の犠牲者で、同じ愛の歌を歌っていた。声と魅惑的な香に惹かれ、何人かは幻視を見て発狂し、祈祷師に救いを求めた。

　おれは舟方に大枚をはたいた。結果、彼らがもたらしたものとは？　神話と暴行された少女たち。フロリッタは、そんな狂気沙汰はやめて、一気にあきらめてくれと言った。ジナウラはもう戻ってはこないわよ。

おれはあきらめなかった。その後もまだ、もう時が不安と希望を封じるころになっても、そして身体が平穏を求めるようになっても、おれの心は乾かなかった。おれの思いは彼女を追いかけ、欲望を追った。土曜日になると、夕方には彼女に会えるかもしれないと希望を抱いて聖心広場にでかけていった。そんな妄想としばらく暮らし、おんぼろ傘を膝にいつも同じベンチに腰かけている物乞いから逃げた。

金が尽きたとき、相当の時間が経ったことに気づいた。エスチリアーノにひとつ提案をした。ボア・ヴィーダを復活させて、肉を輸出できないか？

その金がどこにある？　牧草、牛、増水期の家畜の移動費、そして使用人。

じゃあ、どうやって生きろというのか？

資産を売ればいい。オラドゥール・ボンプラン社だって香水店を売ろうとしているんだ。この土地じゃ、機嫌よく寝起きできるのは政治家だけさ。

エスチリアーノは悲観的な顔を向けた。それには罵られるより胸が痛んだ。おれの未来を予言しているのか。おれの顔が蒼ざめた原因がなにかつらい想い出にあることに気づき、それを無意識におれの記憶から掘り起こしていた。

あんたは一度農場に行ったほうがいい、彼は言った。売るのがいいかどうかは、それから決めることだ。

そしてランチボートのレンタル料と水先案内人代と食料を買うための金をくれた。フロリッタを連れ、マンダリン屋の箱を持っていたが、中には目を通したこともない書類が入っていた。アマンドの書類だった。

農場はウアイクラッパの、雨季になると浸水する低湿地ヴァルゼアにあった。いつだったかは憶えていないが、ある夜、アマンドが空を指さして、ボア・ヴィーダと月の大きさを比べたことがある。違いは、ここには水と魚がふんだんにあることと、それからここではおれがこれからたくさんのカカオを収穫することだ、そう言った。フロリッタは、月に向かってカカオ畑の話をするのを見て、気が狂ったと思った。その農業の夢も疫病が破壊した。残ったのは、川に面したテラスと居間のある家だけだった。

ボア・ヴィーダに行ったのは本当に久しぶりだった。フロリッタは、かつての牧草地を悲しそうに見た。焼けた切り株が散らばる牧草地。カカオの木は枯れて、葉が茶色く朽ちていた。シロアリの巣が屋敷の土壁や簗まで侵入していた。フロリッタと水先案内人が部屋とテラスを掃除しているあいだ、おれは川辺で古いパンヤノキ《スマウメイラ》を眺めていた。

この世で一番高い木だ、おやじはそう言っていた。昔、ボア・ヴィーダでとんでもない卑劣な奴が働いていたことがあって、おまえの母さんに手を出した。この高い枝で吊るし首になった。ロープに一発ぶっぱなしたときにはもう死んどった。死体は水の中に落ち、その後いかだに載せられ、川を下っていった。後ろから二人の男がいかだを追いながら、おもしろがって死体の首を撃っとった。下流のハモス水道近くで、その不届き者の頭は杭に差されてさらし首さ。クロハゲタカは大喜びだったが、もう二度とあんたの母さんに手を出す奴はひとりもいなかった。ひとりもだ。あいつはおまえを生む日まで、おれのために生きてくれた。

ライフル、帽子、長靴、寝室の壁にはアマンドのものがかかっていた。そして彼の顔写真が武器と帽子のあいだにあった。エスチリアーノはその話を知っているのだろうか？

フロリッタとカミナウ修道院長は？　友だちは友だちのどこまでを知っているのだろうか？　あるいは口をつぐんでいるのか？　おれはボア・ヴィーダで気分が悪くなった。きれいなところだ、空にも木にも赤いトキ《グアラ》とレンカク《ジャサナン》がいた。ウアイクラッパの黒く澄んだ水、水嵩が低くなると頭をのぞかせる島、その時期になると、銛で魚を突いて、ひとりで浜で戯れた。ノバリケン《パット・ド・マット》とオシドリ《マヘッコ》がパンヤノキの樹冠でけたたましく啼いていた。あの木はまだあそこで、第二次世界大戦中に数人のコロノが占拠したあの家に陰を作っているはずだ。おれが動揺していたのは場所のせいではなかった。場所の記憶のせいだった。使用人の子らがテラスに近づき、立ち止まって家を見ていた。無口な子ら、無口な人間の子どもら。声らしい声はアマンドのだけ。服従させるための声。なんでもカカオ畑はあっという間に朽ち果てたという。そこでおやじは森を焼き、牧草地にした。それが大成功し、ついには大型のはしけを買い、ゴムやパラ栗やアマゾンの中流域の木材をベレンへ輸送しはじめた。ボア・ヴィーダは別荘になった。吊るし首の男。頭をはねられた男。アマンドはその話を好んで繰り返し語り、ときに相手は月でもおれでもなく、おふくろと話した、あたかもまだ生きているかのように。おれはその話を信じ、別の話を連想した。頭を切り離された話。違う話だったが、アマンドの言葉がいっそう恐怖を募らせた。なぜなら彼は自分が言っていることを信じていたから。そしておれの恐怖を無視していたから。

あの夜、おれは両親の部屋で寝ようとしたが、明け方、シューという音で目が覚めた。こうもりが蛇行して飛んだ後、窓の網にとまり、ギャーと啼き声をあげた。小さな目が赤々と光っている。ランプをつけると、武装した男の影が壁に現われた。ランチボートの水先案内人ではない。だれでもない。おやじのライフルと帽子があるだけだった。影法師だ。コウモリが消えた。ライフルと帽子を床に投げつけた。部屋に影法師は要らない。外では、川辺をひとりの女が通った。おれは、心臓が口まで跳びだし、ハンモックから跳ね起きて、網に近寄った。女は窓のほうへやってきた。ジナウラの名前を呼ぼうとしたときだった。

微かな物音がしたのよ、フロリッタが言った。

夢だよ。寝な。

おれはテラスにハンモックを吊って横になった。ボア・ヴィーダの想い出で目が冴えていた。蝉と蛙の声、木からもぎ取った果物の匂い、猿の手から落とされるパラ栗の音。空が明るくなる前にノバリケンの叫び声が聞こえ、朝焼けの空でパンヤノキが大きくなるのが見えた。ある午後、アマンドが逃亡した使用人の家族を連れ戻そうと、森に入っていったことがあった。空手で戻ってきた。というか、ほとんど空手。その後ろからは、服もろくに着ていない娘が裸足でついてきていた。後にヴィラ・ベーラで管理人になるアウメリンドが捕らえたのだ。貧しいが勇敢だ、アマンドが言った。怠け者どもといっしょに逃げようとせず、家族を捨て、働いてましな暮らしをすることを選んだ。

おやじは娘をホワイトパレスに連れていき、洋服とサンダルを買い与えた。ヴィラ・ベーラで勉強し、洗礼を受け、祝宴も開かれ、名前をもらった。おやじは信用できる娘《クニヤタン》だと言い、丁重に扱った。おやじは信頼できる人には力も貸した。おれはその娘に育てられた。おれの記憶にある最初の女。フロリッタ。数年後、やはりヴィラ・ベーラでのこと、ある午後、彼女がハンモックで寝ているところへ部屋に入っていき、しばらく裸体をみつめていた。彼女が起き上がって、おれの服を剥ぎ取り、ハンモックの中に引きずり込んだときは驚いた。アウメリンドとタリッタが聞きつけ、おやじに全部言いつけた。フロリッタは言い訳もせず、主人からも罰せられなかった。数か月後、アマンドはおれを強制的にマナウスのサトゥルノの下宿屋に送りこんだ。

そんなことを思い起こしているうちに朝になった。寝つけなかったので、マンダリン屋の箱の書類を漁った。偉い神父さんから送られた手紙を読んだ。慈善施設やアマゾン中流域の司教総代理からのものもあった。アマンドの寄付への礼状だった。中には税関吏や市長や下院議員からの便りもあった。そして箱の底には、ある省の役人の署名入りの手紙のほか、アマゾナス州知事の署名が入ったものもあった。イギリス向けの貨物輸送の競争に触れて、「すべて極秘で計画を進める必要がある」と書かれていた。それを考えていたとき、フロリッタの、いつヴィラ・ベーラに戻るのかと訊く声がした。

今日だ、とおれは答えた。

パンヤノキと川のあいだに二つ穴を掘り、そのひとつに書類の入った箱を埋めた。もうひとつには帽子とライフルとブーツを埋めた。アマンドの写真もいっしょに顔を地面の底に向けて埋めようとした。だが、フロリッタが写真はとっておきたいと言った。

何のために？　もう墓参りにも行かないのに？

ヴィラ・ベーラの墓地は藪だもの、彼女は言った。

アマンドの肖像を見ながら彼女は嘘をついた。彼女はよく墓参りをし、パトロンの墓碑にブロメリアを飾っていた。コルドヴィウ家の墓の隣にはカシューの木までを植えていた。ある朝、おふくろの墓参りに行ったら、フロリッタがそこで跪いて祈りながら、カシューの木に水をやっていた。アマンドの埋葬の直後に彼女が言った言葉を忘れたことがない。あんたの父さんは、アマゾンバクみたいに貪欲だったけど、それでも好きになることを学んだわ。

卑劣だったが、好きになることを学んだ。アマゾン全体が学んだのだ。写真はフロリッタにやり、ボア・ヴィーダを、もう二度と思い出されてはならない場所を見るような気持ちで見た。ヴィラ・ベーラに戻る途中、会ったことのないおふくろのことを考えた。おれにはわからないが、もしかしたらおふくろはおやじから解放されるために死んだのかもしれない。おやじとじさまには敵が何人もいたことは知っている。アマンドは、エジーリオの武勇伝をよく話してくれた。勇敢だったから、六人の兵士といっしょにウアイクラッパの戦いで、三百人以上の反乱者を打ち負かしたそうだ。だが、そんな英雄譚を打ち消す声もあって、そういう人は、エジーリオは一八三九年に武器も持たないインディオやカボックロの大虐殺を指揮したと言った。この殺戮の後でウアイクラッパ川の右岸の広大な土地を分捕ったのだと。生き残った者はきっとエジーリオ・コルドヴィウ陸軍中佐の犯罪行為を、樹齢何百年の木の幹に掘っているにちがいない。アマンドは、「ある文明人の偉業」という題名で本を書きたがっていた。反乱を制圧したリーダーの一人である父親へのエレジー。なにも書かずじまい。貨物船がおやじのすべてのエネルギーと時間を吸い取った。

ヴィラ・ベーラで、水先案内人代とランチボートの賃料を支払ったら、ほとんど金は残らなかった。最後の手段はホワイトパレスを売ること、おれの最後の価値ある資産だった。ベンチャヤヤ家の宿に入って言った。サロミット、おれのパレスを売りたい、だれか関心のある人を知らないか……。

　サロミットは冗談か、口まかせだと思った。根拠もない言葉だろうと。おれは、真剣だと請け合った。すると彼は、あるテーブルにいた長老風のひげを指さし、ベカシスがヴィラ・ベーラに引っ越してきて、小さな香水店を開くための場所を探している。勇敢なご老人だ。ここでもヨーロッパでも飢えと壊滅ばかりが聞こえてくる時代に、どうしてもアロマオイルを売るっていうんだから。

　ベカシスはエストレーラとアザーリオのあいだに座っていた。アザーリオは変わり者だった。エストレーラはお高くとまり、髪は長く、巻き毛がテーブルの端までかかっていた。すっと伸びた背筋、しなやかな手、彫りの深い顔を観察した。灰色の瞳の奥にはなにかを秘めていた。新入りの女のその目に、どれだけほれぼれとしたことか。その女を見たのは二度めだった。一度めは遠くから見ただけだった。女はまるで捕虜のように暮らし、美貌を見せたがらなかった。老人は、おれがエストレーラにひと目ぼれをしたことに気づいた。おれはまだその女が老人の娘だということを知らなかった。モロッコのユダヤ人やアラブ人は女たらしで有名で、よれよれの爺さんが若い女と結婚することはよくあったから。老人の目に浮かんだ嫉妬は夫のものではなかった。父親のものだった。ベカシスが立ち上がり、物件の家について質問した。おれは誇張ではなく言った。ホワイトパレスだ、ベイラ・ヒオ大通りにある。

老人は娘と孫をおれに紹介し、すぐにその家を見たいと言った。女は微笑み、青年はおれを横目遣いで見て、腕を組んだ。おれにむかついたのかもしれない。もしくはおれのほうが、遠ざけてしまうなにかを感じたのか。おれには挨拶もしなかったが、気にしなかった。というか、アザーリオは失礼な奴だと記憶に刻み、ベカシスを家に案内した。

床は、フロリッタがワックスをかけて、ぴかぴかに光っていた。光っていなかったのは彼女の目だった。おれの花《フロール》が黙ってしまった。ベカシスはオジーブ付きの高窓や、応接間、寝室、それから台所、それらの大きさに感激した。立ち止まっては食器や浴室のポルトガルタイルを絶賛した。それから裏庭をいっしょに歩き、おれは、ここはヴィラ・ベーラでも数少ないまともな肥溜めがついた家だと言った。彼はすべてを見た。果樹、おふくろがいたころの石の噴水、パッションフルーツ《マラクジャ》の蔓が絡む木製のバーゴラ。そこを伝う葉を一枚ちぎり、手で揉み、匂いを嗅いだ。値段を訊いたとき、声は、まるで別人のように、とぎれとぎれになっていた。

弁護士のエスチリアーノに任せてあります。

値段までですか？　ベカシスが訊いた。

値段だからです。

ほかにも資産はお持ちですか？

ウアイクラッパ川の低湿地帯に持っています、おれは答えた。ボア・ヴィーダ農場です。

根から精油がとれる植物はありますか？　ブレウブランコ*とかブレウプレットとか？

なんでもありますよ、おれは嘘をついた。その後、おれにとっては重要な真実を言った。

登記書もあります。

ベカシスの不愛想で険しい顔の表情は変わらなかった。歩道で、おれはエスチリアーノの住所を渡し、別れた。

二週間後、エスチリアーノがベカシスのつけた値を伝えてきた。実に変だ。買い手はおれが金に困っていることを知っていたのか、その値段にはボア・ヴィーダまでが含められていた。

ベカシスはどうやってそれが売りに出ていることを知ったのか？

おれが言った、とエスチリアーノが言った。だってあんたが農場の話をしたんじゃないか。それで売りに出ていることはわかる。

二つの物件分にしてはえらく安い、おれは抵抗した。

それを払えるのはベカシスしかいない。彼はベレンで引き出せるように約束手形を二枚切りたいと言っている。それに加えてあんたの切符代も払うと言った。

この二つの不動産がなくなると、おれにはもうなにもない。フロリッタだけ、だが、食

* アマゾン地方にみられるカンラン科の植物で、その精油の効能のひとつに記憶力・集中力の活性化があるとされる。

わせなければならない。おれはある計画を立てたが、だれにも言わなかった。言えるはずもなかった……。ベカシスの言った値を受け入れ、弁護士には、売ってもいいが、フロリッタをホワイトパレスにおいてくれることが条件だと言った。

あんたは家を売ったうえに、フロリッタまで捨てるのか？　エスチリアーノが訊いた。

フロリッタを捨てる？　どうしておれの夢の解釈人を捨てられる？　おれの食事を用意し、洗濯をしてアイロンかけをして糊づけをして香までつけてくれる手を、どうして捨てられる？　彼女のことは、おれの寝室で会った日以来ずっと好きだ。丸顔の娘、厚い唇、クイアの実で作った器をひっくり返したようなおかっぱの太くてまっすぐな髪、アマンドと暮らすうちに、だんだん小狡さと厳しさを帯びていったやさしく悲しげな視線。フロリッタは、おれがたった一度しかハンモックで寝なかったことで嫉妬するようになっていた。遊び方を彼女はこう言いながら教えてくれた。こうやるの、ここを触ってごらん、私のお尻をつねって。そうじゃない、舌を外に出して、そう、それで私をなめるの。その遊戯はおれの青春のバージンボーイとの決別となったが、一時的にサトゥルノの下宿で過ごす懲罰につながり、四、五年にわたってアマンドから蔑まれる原因になった。これらすべてを思い巡らせ、エスチリアーノに訊いた。

そもそもフロリッタを連れてきてこの家で働かせたのはおやじだ、あんたの友だちだろう？

アマンド・コルドヴィウの家であって、他人の家じゃない。

おれはフロリッタに、ベレンから戻ったら、サンタ・クラーラ地区に家を買い、そこでいっしょに暮らそうと言い含めようとした。ベカシスは、おれらの前で、家ではサロミットの宿にいるメイドが働くことになると言った。

おれが帰ってくるころには新しい家族ができてるよ、おれはフロリッタに言った。

彼女は、代母のように微笑み、やさしさを目に浮かべながらおれに近寄り、唇を首に這わせ、ぞくっとするくらいに耳をなめた。それから憎々げに囁いた。

ベレンから帰ってくるとき、あんたの心には悪魔が住んでるわ。

ベカシスにはこの囁き声が届かなかったが、おれの顔が恐怖で蒼ざめたのに気がついた。

その恐怖は、約束手形にあるイギリスの銀行の紋章を見たときに増幅した。負債と会社の破産の記憶がよみがえった。このひどい記憶のせいで手が冷たくなった。ベカシスは、おれがこの話をチャラにするとでも思ったのか、不安そうな目で問いかけた。

これがその金だ、彼は約束手形を指さして言った。

同じ銀行だ、思わずおれは言った。

だが、今回は取り立てではない。払ってくれるほうだ、エスチリアーノが言った。たまたまアザーリオが目に入り、腹が立った。ベカシスは、苦虫をかみつぶしたような顔をしている孫を叱った。エストレーラの顔を見たら再び元気が出てきた。その女が美しくてもジナウラへの恋しさは減らなかったが、ホワイトパレスを失うと考えると頭の中が白くなった。ベカシスはその物件を手に入れたことで興奮しているように見えた。最初に会ったときのよそよそしさは消えていた。だからといって老人がおれに気を許したとは言わない。単に態度を和らげ、買い手として胸襟を開いただけだった。そして口も開いた。自らの計画を披露し、香水店はタンジェルにすると名前も披露した。ボンプラン社を買収し、ボア・ヴィーダの森の葉や根から精油を抽出する。森の香をブラジル中に売りたい。もしうまくいったらヨーロッパへも輸出したい。

おれは、ホワイトパレスの奥に並ぶアロマオイルのフラスコを想像しながら、約束手形をポケットに入れた。エストレーラと別れるとき、そのしなやかな手に触れ、それからその手を握りしめ、親密な約束をこめてしばらく握った。未亡人の息子のことは忘れた。変わった若者で、体格はがっしりとし、手は年齢の割にやたらと大きかった。

エスチリアーノとフロリッタにはおれの気持ちがわからなかった。たったいまおれは最後の二つの資産を売った、だが、消沈してはいなかった。エスチリアーノは、これからどうするのかと訊いた。

これから?

あんたにはもう床も屋根もない。

フロリッタがいる。そして友だちも。おやじの唯一の友だちだ。

彼は、おれがなにかを画策していると直感し、おれがベカシスに鍵を渡しベレンに発つ前の最後の一週間、ホワイトパレスに寝泊まりしたときに訪ねてきて言った。売った金で家を二軒、買うといい。一つは居住用、もう一つは賃貸用だ。

あんたはもう貧乏人まであと一歩だ。私は浮浪者のコルドヴィウを見たくはない。

そこでおれは彼の神経に障るような話題を出すことにした。ボア・ヴィーダで、マンダリン屋の箱にしまってあった書類をひっくり返していたら、昔、アマンド・コルドヴィウが密輸や脱税に手を染めていたことを発見した。エスチリアーノは知っていたのか?

彼は立ち上がり、玄関に向かったが、そこにたどり着く前に、おれは続けた。アマンドがマナウスへ出していた生肉とパラ栗だ。ヴィラ・ベーラで税金を払わずに済むように貨物をほかの管轄区域に運ばせ、その後マナウスの近くの島ですべてを船から下し、そこでもまた脱税をした。税関の職員を買収、悪魔だって買収さ。

あんたの父さんは政治家らから恐喝されていた、エスチリアーノは言った。

つるんでたんだよ、グルだったんだよ、おれは言った。おやじは脱税し、上がった利益を奴らと山分けした。それで市役所を支援し、ゴミ収集の荷車を提供し、荷車を引くための馬や牛も提供し、屠畜場や刑務所の修繕費も負担し、看守らの給料も払った。それと同じことを平底船やエルドラード号の輸送でもやったのさ。アマゾナス州の州知事に手紙を書き、公共交通省の役人にも書いた。死んだのは、おいしい入札に負けたからだ。第一次世界大戦前の激しい競争の中でね。ヨーロッパ向けのゴムとマホガニーだ。心臓がもたなかったんだな、欲の皮が命に勝った形だ。

欲なんかじゃなかった、エスチリアーノが激昂した。

大声にフロリッタが驚いた。おれ自身、弁護士が取り乱したのには驚いた。アマンドの急死が彼を過敏にしていた。過去を燃やし去る時間もなかったんだな。

欲なんかじゃなかった、エスチリアーノが繰り返した。

汗ばんだ顔が紅潮し、てかっていた。自分らしからぬ反応に愕然とし、一瞬動きが止まった。汗が顎を伝い、床に滴り落ちていた。アマンドは野心家だったが、正しかったと言った。そのことはフロリッタも知っているし、みんな知っている。農場主らは肉をマナウスに出荷することしか頭になかった。安い生肉をヴィラ・ベーラで売ったのはアマンドが初めてだ。あいつは町のみんなに食べてほしかったんだ、みんなに肉を行きわたらせたかったんだ、だが、それをするにも政治家への袖の下が必要だった。ちゃんと食べ物と寝床のある清潔な刑務所がほしかったんだ。欲なんかじゃない。それとは別のものだったはずだ。欲で命を落とす奴もいる、だが、そんなんじゃない……。

おれは、そんな男は知らない、おれは乱暴に言い放った。あいつが受け取った手紙をおれは全部読んだ。

あいつはそんな手紙のことなんか一言も言ってなかった、エスチリアーノが見下したように言った。

エスチリアーノのおやじに対する盲目的な忠実さが神経に障った。そこを立ち去る前に、彼は警告した。金は使うな、ベレンで全部使い切るな。

フロリッタはまだぶつぶつ文句を言っていた。ホワイトパレスは売るべきじゃなかったわ、一生後悔するよ。

フロリッタのぼやきには動揺しなかった。気がつかないうちにおれは、アマンド・コルドヴィウに負けず劣らず頑固で、乱暴になっていた。そうではない人間になりたかったが、おやじの影がまるで腐った果物の種のようにおれの中に取りついていた。おれは皮になることに固執した。そうやって捨ててほしかった、そうすればだれの迷惑にもならない。

ある土曜日にヒルデブランド号がヴィラ・ベーラに接岸することになった。金曜日の朝、登記所で書類に署名をし、ベカシスに鍵を渡した。彼はこのときおれがもっとも聞きたかった言葉を言ってくれた。

ベレンから戻ったら、夕食にご招待しますよ。娘も喜ぶでしょう。

安堵して、フロリッタを抱き寄せ、寂しがってすすり泣いてくれるのを待った。だが、それはなかった。一言もなかった。

おれはすべてを家に残していった。家具、食器、壁時計、キャンブリックのシーツに至るまで。残さなかったのは、そこに住んでいたころの記憶だけ。

ヒルデブランド号の船長は、おれの苗字に気づいた。アマンドがたびたびベレンへ行ったことを憶えていたんだ。そしておやじのお気に入りの豪華船室に乗られますねと言った。

おれの顔の驚いた表情に気づいた。おそらくはうろたえの表情だったろう。

空いているのはそこだけなんですよ、そう言った。

おれは、おやじが寝た部屋で旅をした。その男の記憶が、川を下る途中ベレンまでつきまとった。甲板の会話は、しけた話ばかり。まるで難破船だった。ブレーヴィス付近でエルドラード号の難破を思い出し、ほぼ同時にアマンドの約束も思い出した。それは彼がパラへの出張から戻ってきた日のことだった。勝ち誇ったように喜々としてホワイトパレスに入ってくるなり話したのは、貨物船や会社のことではなく、ベレンの美しさだった。旧市街、ポルト・ド・サウ市場、グランド・ホテル、豪邸、みごとな教会と広場。そして海。さまざまな水が混ざりあうアマゾンの海。おれはその街に行ってみたいと思った。おやじは、次のときはいっしょに行こうと約束をしてくれた、なのに、ひとりで行ってしまった。帰ってきたときはもう約束のことは忘れていた。

グランド・ホテルは、おとぎばなしに出てくるような建物だった。年配のフロント係が、アマンド・コルドヴィウのご親戚ですかと訊いてきた。息子だ、と答えた。宿泊したときの心遣いや心づけを褒めあげ、いまはどうしているかと訊ねた。死んだ、おれは答えた。

おお、ドトール・コルドヴィウさまが、お気の毒に、年老いた男は残念がった。息子さんがいらっしゃるなんておっしゃったことはありませんでした。コルドヴィウさまはいつもイギリス人墓地のご親戚のお墓参りにいらっしゃっていましたよ。

じさまの骨はヴィラ・ベーラに埋葬されていた。おれは、ばさまのこともほかの親戚のこともなにも知らなかった。好奇心に駆られ、イギリス人墓地に行ってみた。小さな墓地を、カッラーラの大理石の碑文を読みながら歩いた。真昼間だった。石の椅子に座るなり、雨が降ってきた。まったく、こんなところで何をしているんだか？　ある顔が注意を引いた。ある故人の肖像写真。墓石に近づいた。クリストーヴァォン・A・コルドヴィウ。イギリス領ギアナ沿岸で難破事故により死去。難破船の名は因縁のエルドラード。名前ばかりではない、顔もあのコルドヴィウの顔だ。骨ばった顔、とがった顎、太い眉。こんな風におやじと同じ目でおれを見ているのに、死んでるなんて嘘だろう？　罠に嵌められたのかもしれない、約束手形の金が受け取れるのか不安になった。悪い予感を抱いて墓地を出た。アマンドはどこにもいなかったが、おれの後をつけているように思えた。

着替えるためにグランド・ホテルに行き、雨が止むのを待った。それからイギリスの銀行で支配人に二枚の約束手形を渡した。身分証明書の提出を求められた。それといっしょに、エスチリアーノの求めに応じてベカシスが書いた署名入りの手紙も渡した。おれは安堵し、晴れて札束を握ったときには、自分の悪い予感を笑った。アマンドからいつも禁じられていた歓びを味わえた。これでおやじや後見人からの監視なしで金が使える。おれはカフェ・ダ・パスや旧市街のあちこちのバールを遊び歩いた。メストリ・シコなどボヘミアンと友だちになり、管楽器や弦楽器を弾きながら、フルートとギターとバイオリンとカヴァキーニョの伴奏で俗謡《トアーダ》や歌謡《モジーニャ》を歌う楽士らとも知り合った。毎晩、酒をおごり、ナザレ広場のモデルノ劇場でのシャノワール劇団のオペレッタの入場券を買い取ってやった。みんなで夜をポルト・ド・サウ市場で明かした。それから、ランチボートをレンタルし、おれは初めて海を見た。パリス・ナメリカの店では、スイスのオーガンディのドレスやイタリアやフランスのシルクのドレスを買った。ベカシスの娘エストレーラへのプレゼントだったが、それはジナウラへのプレゼントのようなものだった。二枚目の約束手形を換金したときには、自分とフロリッタに洋服と靴を買い、アルファシーニャ書店に立ち寄って、エスチリアーノのためにひと箱分のフランスの本を買った。おれは飽きるまで買い物をし、散財しまくり、最高級のレストランで飲み食いして酒宴に浸った。二か月以上そんな生活を続け、それはジナウラと知り合う前にマナウスで送った空しい放蕩生活の繰り返しだった。彼女が忘れられなかったが、かといって会える希望もほとんどなかった。

ホテルでは年配のフロント係に、おやじがいくらチップをやっていたかを訊いた。それっぽっちか、じゃあ、その二十倍をやろう。財布を開けて、気が変わった。十倍でじゅうぶんだ。だが、けっきょくあげたのは英貨五ポンドだった。なのに、なんと老人は歓びのあまり顔を濡らした。おれは気前のいい金持ちだという噂で港が沸いた。ヴェロペーゾ市場の売り子らにパラ産の精油を渡されたとき、香水店タンジェルとエストレーラとのなれそめを思い浮かべた。こんなに四六時中ジナウラのことばかり考えているおれが、どうして彼女と結婚できる？　そんな疑問とわずかな金を携えて、ヴィラ・ベーラへ向かった。

「ベレンから帰ってくるとき、あんたの心には悪魔が住んでるわ」。おれの花、フロリッタの言葉は、エスチリアーノの警告よりも恐ろしかった。なぜなら彼女は、生涯の男を二人知ったから。おれとおやじだ。エスチリアーノはアマンドの一面しか知らず、その一面で人間全体とその心を理想化していた。

ときに予感は理性より強力ではないか？　ヴィラ・ベーラで降りると、運搬人はおれの全荷物を荷車に載せた。エスチリアーノを訪ねる前に、おれはベカシスの娘に数箱の布地が入った箱を届けることにした。アザーリオにはなにも買っていないことを思い出した。あの若造は気に食わなかった。そいつのどこかがおやじを髣髴とさせた。アザーリオに向き合おうと決心し、荷車の御者といっしょにホワイトパレスに向かった。家の周囲を回り、裏庭の果てまで行ってみたが、アロマオイルの香はしなかった。芳香はまったくなかった。あったのは牛と馬の糞の匂いだけ。この家の住人はどこだ？　御者は知らなかった。フロリッタは？

そこらへんにでかけた。

探してこい。

板で塞がれた家のファサードを見て、奇妙に思った。ベカシスは家族でボア・ヴィーダに行っているに違いない。だが木の車輪がついた手車を押しているフロリッタを見たとき、彼女がもうホワイトパレスには住んでいないことを察知した。

香水店なんかないと教えてくれた。おれが発ってから一週間後に、ベカシスは物件を二つともアデウ家に売ったのだという。その翌日、フロリッタは、家を出ていくはめになった。エスチリアーノが彼女のためにサンタ・クラーラ港に小さな部屋を借りた。そしてレオンチーノ・バイロンがフロリッタに、タピオカで作ったクレープのベイジュやコアーリョ・チーズを売るための手車をやったのだった。

あんたの父さんの友だち二人がいたから、私は浮浪者にならなくてすんだ、フロリッタは怒りをあらわにして言った。死んだ後もあの人は私を助け続けてくれてるわ。それにしても見てよ、あんたへの仕打ちを。

おれは土道に佇み、箱がいっぱいに積まれた荷車と辱めを受けた女性の板挟みになっていた。フロリッタにプレゼントを渡し、エスチリアーノの家に何日か泊めてもらえないだろうかと言った。彼女はプレゼントの包みを手車の上に置き、なにも言わずに行ってしまった。

頑迷さは、人生の破滅を招く愚かしさ。おれは頑迷で生意気だったから、フロリッタの不吉な預言をばかにした。そんなことを考えながら、フランセーザ池まで歩いた。エスチリアーノはテーブルの中央の席で昼食をとっていた。皿の周りには何冊も本が開かれていた。噛んで飲んでは、ひと休みしてその中の一冊を読んでいた。おれの姿を見ると、スプーンを放り出し、いっしょに昼を食べようと招き入れてくれた。おれは断わり、テーブルの上にフランスの本を置いた。彼は嬉しそうに微笑んだ。おれはベカシスとアデウが芝居を売ったと言い、その裏には何があるのか訊いた。

芝居、なんでそんな風に言う？　商売だ。あんたにはそういうことがなにもわかっていない。オラドゥール・ボンプランが香水店の売却を撤回しただけだ。交渉にはこの私が行ったんだが、あのフランス人がべらぼうな額を要求してきてな。週ごとに値段をつり上げていった。さすがのベカシスも腹に据えかねて、物件を二つともジェネジーノ・アデウに売ったというわけさ。

おれはそんなこと、信じない、おれはエスチリアーノに言った。

香水店に行って、ボンプランに訊いてみ……。

アマンドだ、おれは割って入った。その話のどこに絡んでいるんだ？

何が言いたいんだ？

アザーリオ、エストレーラの息子。あの若造は不愉快だ。アマンドそっくりだ。大きな手といい、目つきといい、おやじとおなじだ。

あんたの頭には妄想しかないのか、アルミント。で、ポケットには、いくらか金が残っとるのか？　どうせなんも残っとらんのだろ？　ホワイトパレスもボア・ヴィーダも失った。もうすべてを失ったんだよ。

エスチリアーノは立ち上がり、本を閉じながらテーブル沿いを歩いた。

成功しているときなら、それは単なる浪費で済む、エスチリアーノは言った。だが、窮状では自殺行為だ。

おれはベレンの最高級ホテルに泊まり、ジナウラへの恋しさを晴らそうと、好き放題金を使いまくった。おやじはフロント係にもおれのことを話してくれていなかった。だから復讐した……。

復讐？　死んだ後に何があるってんだ？　彼は訊いた。とにかく家を探そう、あんたの最後の住処だ。

残った金で買ったのがこの小屋だ。ジェネジーノ・アデウは、ホワイトパレスの家具も調度品も返してくれなかった。奴はおれのじさまを憎んでいたんだ。そのころ初めて知ったんだが、エジーリオ・コルドヴィウはかつてあるポルトガル女をもてあそび、それがジェネジーノの母親で、それ以外にも何人もエジーリオは婚約者を捨てたらしい。市場のバールに一杯やりに立ち寄ったときに、サロミット・ベンシャーヤが教えてくれた。ジェネジーノのおふくろだけじゃない、サロミットは言ったよ。あんたのじさまは、婚約式を挙げて結婚すると約束しては、婚約者を捨てて、別の女のところへ行った。

おそらくはアマンドも同じことをベカシスの娘にしたにちがいない。フロリッタはそれを知っていたが、墓場まで持っていくことにしたんだ。だが、最悪なことに、もうおれとは暮らしたくないと言いやがった。おれは幼少期と青春時代の花なしで生きることを学ばなくてはならなかった。

ときどき寂しくしているんじゃないかと心配して、エスチリアーノがおしゃべりをしに来てくれた。彼は私生活のことはいっさい話さなかったが、人には秘密を持ったまま死ぬ奴もいる。だが、ある日の午後、おやじの死は相当のショックだったと打ち明けた。なんでもいっしょにパリに行くことを計画していたんだとか。

おやじと二人で？

そう。

ほかのときには、おれがベレンで買ってきた本の話をしたこともあった。夕方になると感傷的になって落ち着かない、日暮れどきはなにやらむしょうに苦悩したくなるとも言った。そういうときは赤ワインを二本飲み、暗くなる前に、ポルトガルのセザリオ・ヴェルデとブラジルのマヌエル・バンデイラの詩を読むのだそうだ。そうしてほろ酔い加減で、太いしわがれ声でこう告げながら帰っていった。「人生は過ぎていく、人生は過ぎていく、そして若さは終わる……」

ある土曜の午後、おれをフランセーザ池で行なわれた文学の集いに引っ張っていったことがあった。エスチリアーノは居間にある書棚の本を一冊としてそのまま死に絶えさせることはしなかった。ここに引っ越してきたとき、マナウスから大量の蔵書を持ってきて町中を驚かせた。朝早くサンタ・クラーラの港まで散歩し、帰ってくると読書に励んだ。土曜日には詩の朗読会を開き、ヴィラ・ベーラの数少ない読者にワインやタパレバのリキュールをふるまった。そして言った。仕事を引退したら、法律や法典はもう見たくも聞きたくもない。読書だけをしたい。集いを後にするとき、おれはむしょうにジナウラが恋しくなり、もう二度とそこへは行かなかった。彼は、カミナウ修道院長に送った詩を写した本も見せてくれ、ブラジルとポルトガルの作家の詩を朗読し、それからフランスの詩人のかなり最近のものを読んでくれた。その詩人は第一次世界大戦を戦ったときにも愛の詩を書いたそうだ。詩は、愛しい人への想いをいっそう募らせた。エスチリアーノの朗読が終わると、おれは声にもならない声で言った。拷問だ。

人生、うまくいかないときはそういうものだ、彼は訂正した。でも、それを言語にできるのは詩人だけだ。

エスチリアーノはそれからもまだしばらくは訪ねて来てくれたが、アマンドと貨物船と過去の話題は双方で避けた。本を置いていってくれたが、おれは読むのに時間がかかった。なぜならあるページで止まってはジナウラのことを考えていたからで、どこかのページを開くと、おれの愛しい女が、別の名前で別の人生を生きていた。たしかそのころ彼はギリシアの詩を訳しはじめ、おれにもその翻訳の最初の部分をくれた。ここにはもう久しく足を踏み入れていない。お気に入りの詩人たちの話をし、その詩を朗読してくれたあの雨の午後が最後だ。本のページを繰る横で、おれは川をみつめて泣いていたっけ。

詩を聞いて泣くあんたを見るのは初めてだ、エスチリアーノは言ったよ。

言葉のせいで泣いているんじゃない。あんたが憎んでいるある女が恋しいから泣いているんだ。あのスペイン人の修道院長は嘘をついた……。だれかが嘘をおれについたんだ。彼は本を革の鞄に入れ、立ち上がって言った。あんたにはひとつ理解しないとならんことがある。熱情は自然のように神秘的だ。だれかが死んだり姿を消したりしたとき、唯一書かれた言葉だけが慰めになる。

エスチリアーノなんて地獄へ行け、お前も書かれた言葉も、この世の詩もすべて地獄へ行っちまえ、と言おうとしたが、もうそのときには土道を歩いていて、おれは涙を呑んでいた。以降、彼を訪ねることはなかった、無心のためにもなかった。数年後、サンパウロから観光客が四人ヴィラ・ベーラを訪れたときにわずかな金をもらった。女が三人に男が一人。作家だった。女らはつんつんと澄まし、全員が黒い服を着て、暑さでぐっしょりだった。大騒ぎになり、男たちは貴婦人らのそばからなかなか離れなかった。作家は、だれとでも話をした。インディオ、カボックロ、職工、俗謡の作曲家。そして飽きもせずに植物や動物の名をメモした。なんでも口にし、ピラニアの唐揚げまで食べた。四人は市長を表敬訪問し、市議会にも呼ばれた。ジェネジーノ・アデウ主催の夕食会で、招待客の中で唯一その作家についていくらか知っていたのはエスチリアーノだけだった。女らがホワイトパレスにすっかりほれ込んだものだから、エスチリアーノはおれとコルドヴィゥ家の話を披露した。その翌日、サンパウロの女らが、おれを訪ねてきた。玄関先には大勢の人が群がり、フロリッタまでが観光客らを見にきた。女らには、ホワイトパレスを相続したが、いまはここに住んでいると言った。あばら屋を見たいと言うので案内したが、あまりの貧しさに女らは悲痛な面持ちで出てきた。そこでおれはパリス・ナメリカ店のオーガンディとシルクのドレスを見せた。おれはいくらでもいいから全部売りたかった。買ってくれた。そのうちのひとり、一番年上の女が、こんな素晴らしい布地をだれにあげるつもりだったのかと訊いた。

おれの愛しいジナウラに。

亡くなったのですか？

いや、その辺にいる、どこかの魔法の町に。でもいつか戻ってくる。もしその名前を聞いたら、それが彼女だ。この世に二人といない女だ。

三人の女は、おれの頭がおかしいと思ったのだろう、顔を見合わせたが、おれはそんな風に見られるのにも慣れた。

金は一部をフロリッタにやり、あとはさらに窮したときのために残した。それ以降は時間の感覚もなくなり、日もわからなくなって、奇跡を待つのみになった。気分にもむらがあり、今日は希望でも、明日は絶望。ここにある木はフロリッタが植えたもの。ときどき彼女は西インドキュウリと肉の煮込みや、すりおろしたキャッサバの絞り汁トゥクピ・スープをかけた葉《ジャ》とうがらし飯《ンブ》を持ってきた。ホワイトパレスでよく作った料理だ。彼女曰く、おれはジナウラのことを考えすぎて脳たりんになった。哀れな蛙のような顔をした阿呆になったおれなんて、見るに堪えない。昼飯を作った後は、裏庭で果物を獲り、鐘が五つ鳴ると、おれのそばにやってくるものの、伝わってくるのはおれの不安と動揺だけ。するとこうつぶやく。こんなに時が経つのに、あんたはまだあの恩知らずの女の夢を見ているの。そして帰っていく。嫉妬とプライドをみなぎらせて手車を押していく。その後は金をやったこともないいし、一銭も無心したこともない。いまは対等だ。

彼女がここに来ていたある朝、少年がやってきて、筒状の紙を置いていったことがある。ジェネジーノ・アデウからです、少年は言った。

開けてみると、両親の新婚当時の写真が出てきた。真ん中で破り、アマンドの顔のほうをフロリッタにやり、母アンジェリーナのほうは、このあばら屋唯一の寝室の壁にかけた。ホワイトパレスに入るのは、まだ二年待たなければならなかった。ジェネジーノ・アデウが裁判所に物件を売ったときだ。家を訪ねたわけではなく、ただ噴水中央の母の頭の彫刻を見るために奥から入っただけ。石の目に接吻をし、太陽で暖められた顔に接吻をし、それからその頭を寝室に持ってくる許可を判事に申請した。拒否された。おれは誓った。もう二度とホワイトパレスに足を踏み入れまい。最後に石の顔を見たとき、おれは死んだ母に頼んだ。どうかジナウラに会えるように力を貸してほしい。

大きなカヌーを買って港に係留し、ブース・ラインの乗客を相手にツアーを組んだ。その後、ヒラリー号のリバプール－マナウス線が就航すると、おれはチップをがっぽり稼いだ。巨大な船で、ハンブルグ－南米線の船よりも大きかった。カヌーのツアーでは、バッファローの背にとまるサギを見たり、ときには本物のハヤブサが黒い水の湖の上空を飛ぶのを見た。中には、インディオを見たいと言った観光客がいたっけ。おれは言ったよ。町の住人を見ればいい。観光客のひとりが食い下がった。純粋のインディオよ、裸の。そこでおれは、子どものころのインディオの集落に連れていき、ある部族の最後の生存者を見せた。もし彼らと話がしたければ、通訳も知っていますよ、とフロリッタを思い浮かべながら言った。話をしたいんじゃない、写真をとりたいのよ。それからおれはエスピリト・サント島のハンセン氏病患者を見る気はないかと訊いた。観光客のひとりが言った。いやよ、きっぱりとしたつれない拒否。ツアーのしまいにはホワイトパレスのファサードを見せ、かつてこの家はおれの一族のものだったんだと言った。それからジナウラが失踪したことを話したが、どうせ信じてはもらえず、頭がおかしいと思われたと思う。ヒラリー号のレストランやサロンに入るのも禁止され、一時代の栄華すべてが苦い想い出となった。

　ある日、下船客でごった返す中で、マクラニーへのツアーをイギリス人のある夫婦に売り込んでいると、下船してきた人ごみの中から、悲痛な叫び声が聞こえてきた。できたてほかほかのベイジュだよ……。フロリッタが、まるでイギリス人がポルトガル語をわかるかのように叫んでいた。ひとつも売れなかった。イギリス人夫婦はほかの船を選び、おれはチップを逃した。ヒラリー号の汽笛が鳴り、乗客が手を振り、インディオの平底船にコインを投げた。

もっと若かったら、こんな土地、出ていくわ、フロリッタが言った。

どこへ？

別の世界へ。

船のエンジンが轟音を立て、煙が空を覆った。カヌーの舟方らの姿も消えた。だれもいない港、静まり返った埠頭、憂鬱な気分になった。地面を見ると、フロリッタの足が見えた。泥だらけのむくんだ足、脛までむくんでいた。顔はもう老いを隠せなかった。おれは両手を彼女の頭に置いて言った。おれの計画はホワイトパレスを手放さないためだけにエストレーラと結婚することだった。だがその計画も、ジナウラを愛していたからうまくいかなかった。でも、おれはベカシスとアデウを疑っていなかった。奴らは本当におれをだまそうとしたんだろうか、どう思う?

私にわかるのは、みんなが私をだましたってことよ、フロリッタは言った。

もうわずかな金のために食べ物を売り歩くのは耐えられない。昔は屠畜場に行けば骨付きの肉の切れ端ぐらいもらえたけど、今はもうそれもなし。腰に両手を当ててつぶやいた。身体が痛いのよ、アルミント。

おれは車をここまで押してきてジャトバの木陰に座った。いっしょにベイジュを食べ、タルバを少し飲み、子どものころの夜を思い出した。おやじがまだマナウスかベレンを歩き、フロリッタがインディオの集落で聞いてきた話を訳してくれたころだ。夕方いっしょにアマゾンの河岸を散歩しながら、おれはあの女のことを考えた。川底で愛しい人と暮らすと言ったタプイアの女。奇怪な空を思い出した。宙を這う蛇のような虹がでていた。フロリッタはあの午後のことを憶えている?

フロリッタは水に入り、おれに背を向けて言った。

彼女が言ったのはそういうことじゃなかったわ。

でも、彼女がリングア・ジェラルで話したのをあんたが訳してくれただろ。

アルミント、あれは歪めて訳したのよ。すべて嘘なの。

嘘？

だって子どもを相手に、女が自殺したがってるなんて言える？　夫と子どもたちが熱病で死んでしまったので、自分も川底に行って死ぬ、この町でもう苦しむのはもうさんざんだって、そう言ってたの。カルメル会の少女たちは、小さいけどインディオだから、わかって走って逃げていったわ。

それをいま初めて言うのか。なぜなんだ？

いまになって、その女が言っていたことが身を以てわかるからよ。だから。

川から出て、土手を上り、ヒバンセイラまで歩いていった。クイアラーナの花を地面に集めると、おれがたった一度だけジナウラと夜をともにしたまさにその場所に座った。

あんたにはまだ幸せな日々があった、おれのほうを見ずに彼女は言った。それが一度もなかった人は、生きる価値があるのかしら？

フロリッタの声は、おれを責めているわけではなく、また非難しようとしているわけでもなかった。とがめる声ではなかった。おれはもう一度言った。いっしょに暮らそう、プライドは捨てろ。

じゃあ、なに？　あんたはそこにひとりで住んでいるってわけ？　亡霊と住んでいるんでしょ？

帰る前に、フロリッタは恋愛成就のお守りのアマゾンカワイルカの目をくれた。

左目よ、あんたの願いのために、そう言った。

おれは礼を言って、目をズボンのポケットに入れた。

おれらはヒラリー号の寄港のたびに会い、二人でヨーロッパの客から小銭を稼ごうとした。彼女は、おれがオヤマといるのを見かけたときには、ベイジュを置いて立ち去った。日本人が来たことで町はにぎわった。彼らはアマゾンの河岸に村を作り、日本風の家を建てた。ちょうどハモス水道の入口のところだ。アンジラ川にもいくつか別の入植地を作った。奥のほうのサテレ・マウエ族の土地のほうだが、すばらしい農業の腕前だった。米やフェイジョン豆やトウモロコシを植え、ジュートを植えるという偉業もやってのけた。オヤマは、隅っこで脚を止め、この大きな陰を作っている木は何かと身振り手振りで訊いてきたので、おれはジャトバだと答えた。裏庭の果物や植物の苗をやり、それから話をした。というか、おれは日本語を話さなかったし、奴もポルトガル語はだめだった。奴がなにかを訊くと、おれがそうだと言い、おれがなにかを訊くと、奴は笑って頭を振る。ときどきおれがべらべらっとやると、そいつもべらべらっとやる。そういうのもなかなかいい、なんたって相手の言うことがさっぱりわからないんだからね。いい奴だったよ、オヤマは。日本風に料理した魚を持ってきて、おれはたらふく食った。それから奴は頭を下げて、別れを言って帰っていったが、もう二度と現われなかった。

港に行くのはやめた。だってヴィラ・ベーラの多くの若者が舟方をやったり、カヌーを出したりしてたからね。注意を引くためにぎゃあぎゃあ言って、それから身振り手振りでおどけてヒラリーの客を笑わせる。愛嬌を振りまき、拝み倒して観光客をカヌーツアーに連れていく。おれのような年寄りは置いてきぼり。だから婆婆からは身を引いた。静けさがほしかった。声は、自分に向けられたおれの声だけ。それさえあれば無言の中でもジナウラのことを考えられる。無音はなにか曖昧なものを隠しているのだろうか。単語ひとつ、音ひとつなくても無言は増幅し、まるでおれを脅すナイフのように、おれの安らぎを切り裂く。朝早く、まだ陽ざしが柔らかいうちに出て、ヒバンセイラまで散歩し、木の幹に寄りかかる。あの歓びの雨の夜、おれたちに雨宿りさせてくれたあの樹だ。クイアラーナ、くすみのない厚い花びらの美しい花をつける樹。黄色、ほとんど赤に近いバラ色。花の香はバラの香水と同じくらいに強かった。実《み》は、人間の頭ほどの大きさで重い。地面に落ちて放置されると、腐って悪臭を放つ。豚も食わない。夕方、スコールのあいだ、おれは花の上に横になり、再びあの夜のことを思い出していた。毎年七月になると、七月十六日の守護の聖母祭の夜のあの踊りを思い出した。キロンボのシレンシオ・ド・マタの踊り子の隣でくるくる回るジナウラの身体。なにかが変化していた。祭りは夜中の十二時に終わるようになっていた。あるいはもう少し遅くか。懺悔の声や楽士の音が聞こえたが、もう別の楽士で、女の笑い声が暗闇を突き抜けた。あたふたと足取りを潜めて歩く音も聞こえ、接岸された小舟が揺れるのも見えた。その後も楽しそうに囁く笑い声が聞こえた。享楽の甘い狂喜。おれは恋しくて身が締めつけられた。ある年の七月十七日の朝、おれはカミナウ修道院長と話そうと思い立ち、すぐにここを出て、イエスの聖心広場を突っ切った。特設舞台になびく祭りの小旗が見え、地面にはガラナ*やビールの瓶が転がり、空の舞台、花火の灰が見えた。幸いあの不吉な使い走りのイロには会わなかった。そのことが希望を与えてくれた。ほんの一瞬、校長ではなく、ジナウラに会えるのではないかという気がした。門を開けると、庭でペテカをやっている少女の一団が目に入った。なにかが変化していた。なぜなら孤児はもう午前中に働かなくなっていたから。二人の修道女の姿が見えた。若いほうは修練生だった。蒼ざめた顔に悲しい目をした男がいるのを不審に思ったようだった。しかもぼろ服。中年の男が校長に面会を求めている。カミナウ修道院長、おれは言った。

* アマゾン流域原産の植物で、古くからインディオは薬用品、滋養飲料として用いていた。現在はそれを利用した炭酸飲料が広く飲まれている。ブラジルでは「グァラナ」と発音する。

った。ジョアナ・カミナウさまですか？　いまはスペインにいらっしゃいますが、と修練生が言った。もう六年前に帰られました。カミナウさまはカタルーニャで死にたいとおっしゃって、でもご存命でいらっしゃいます。おれには挨拶がなかったな、吐き捨てるように言った。彼女たちは怪訝そうにおれを見た。それから向こうに行き、孤児の手をとって輪になり、歌いながら縄を飛びはじめた。なんという活気。神の家の前のなんたる歓び。おれの愛しい人は影も形もなかった。おれは悪魔のような恋しさに取りつかれてここに戻ってきた。昼飯を終えてから昼寝をしていたら、ある声で目が覚めた。雨の中で花を手にいっぱい持って、泣いたり笑ったりしているのは本当におまえかと訊く。ある島の楽士は、いまはもう忘れられてしまったが、「魔法にかけられた女」という俗謡まで作った。唄は、ジナウラの物語、川底で送った不幸な女王の生涯を歌っていた。それももう何年も前のこと、おれが最後に町に行ったときのことだった。

あの日の午後に感じた悲しみが始まったのは午前中半ばだった。赤いフトモモ《ジャンボ》の実を獲っていると、男が現われた。フロリッタの手車をゆっくりと押し、道端で止まった。なにか用かと思って行くと、おれの花が台に横たわっていた。

日光浴か？　おれは訊いた。

男は帽子を取って言った。朝になったら死んでたんだ。

フロリッタの隣の人だった。

突然死ぬなんて、まるでアマンドじゃないか。おやじの縁でカルメル会の聖堂で通夜が行なわれた。あれだけ泣くのは、ご先祖様の墓の前だけだ。おれの人生、最後の涙。フロリッタの死が過去との絆を断ち切った。おれはひとり、コルドヴィウの過去であり現在だった。おれのような人間に未来は要らない。すべてがこの老体で完結すればいい。

日曜日には、ウリシス・トゥピかジョアキン・ホーゾが玄関に魚を置いていってくれた。おれは塩をして、切り身にして干した。それがおれの昼飯。腹を満たすためにキャッサバの粉ファリーニャをたくさんかけ、あとは裏庭からバナナを獲ってくる。そうやっておれは終わったのか？　実は、おれの人生にはもうひと波乱あった。そしてどん底に突き落とされた。第二次世界大戦がここまで来たのだ。初めて共和国大統領がヴィラ・ベーラを訪れた。町中が聖心広場でその男に拍手喝采を送った。死んだ奴までがそこにいた。おれは、ジナウラのためだけに生き、彼女のために死ねたくらいだったから、このあばら屋から出ることはなかった。ヴァルガス大統領は言った。同盟国がわれわれのゴムを必要としている、だから自分も、全ブラジル国民も、枢軸国を敗北させるために全力を尽くすのだ。そのため何千人という北東部の人間がゴム農園に出稼ぎに行った。ゴム兵士。貨物船がアマゾン川の航行を再開し、ゴムをマナウスやベレンに輸送し、そこから貨物を水上飛行機が米国に運んだ。夢と約束も戻ってきた。天国はここ、アマゾンにある、そう言われた。だが、おれは絶対に忘れない、実際に存在したのはパライーゾ（天国）号という船。それは下流の渓谷沿いに横付けされた。マデイラのゴム農園から百人以上の男らを運んできたが、そのほとんど全員がゴムの燻煙で失明していた。インディオの集落があった辺りの森も、市長は伐採させてバラック小屋を建てた。こうして新しい地区が出現した。名前は天国の盲人《セーゴス・ド・パライーゾ》。ほかのゴム採取人らもフランセーザ池とマクラニー川沿岸に住みつき、できたのがパルマーリスだ。おれはこの小屋に留まった。水上飛行機がヴィラ・ベーラの上空を飛ぶようになったとき、おれはあの孤児を頭に浮かべた。別の場所でのジナウラとの暮らしを思い浮かべた。隣に彼女がいると想像して、彼女と話をした。そして大きな声で言った。君をみつけてやるから、いっしょに旅立とう。おれの想像力が川を下り、海まで届く、そう考えるだけでわくわくした。そう、身体は停止、だが想像力は飛び回り、アイデアが活発に……。この身体は生き残る。おれはエスチリアーノが訳したギリシアの詩を書き写し、それを何度も何度も読んで、いくつかは憶えてしまっていた。「おれは別の土地に行く、もっといい町をみつけるために。私が見るところは、視線が届くところはすべて、貧困と廃墟が見えるだけ」この言葉を、川や森を見ながら言った。おふくろのアンジエリーナにしたお願いのことを考えながら。ほかにだれを知っている？　コルドヴィウはもう記憶を失った名前。この町のもっとも古い奴らはもう土の中。ウリシス・トゥピとジョアキン・ホーゾだって、おれが生命を維持するために魚を置いていってくれるただの寛大な手にすぎず、そのまま帰っていく。明け方は眠れなかった。舟の音が聞こえ、ふと、ハンモックから飛び出た。舟はまるで夜の亡霊のように通り過ぎていった。おれは星の無為な輝きを眺めながら飲んだが、ときにはこの夜露の湿り気の中で寝た。いったいどれだけの悪夢を見ただろう。とどまるところを知らない難破。船の衝突の場面を、その轟音で目が覚めた。ジュヴェンシオの顔で目が覚めたこともあった。目はなく、ぐちゃぐちゃに崩れて腫れあがった顔、両手を広げて、施しを求めてくる。一日中をこんな現実ばなれした超常的なことから逃げながら過ごしたが、あまりに生々しいだけに怖くなった。目が覚めているときには何をすればいいかわからなくなり、そういうときは、悪夢を忘れるために独りごとを言った。魚売りや舟方は、おれの頭は空っぽだ、正気でないと噂した。それを聞きつけて訪ねてきた奴がいた、おれの唯一の、そして最後の友だ。

長いあいだ会っていなかった。二人とも自分の家から出なかったからだ。エスチリアーノがまさにそこ、サテレ・マウエ族のある男からもらったそのベンチに腰かけた。かなり歳をとってはいたが、まだしっかりしていた。背中が少し曲がって、頭も大地に傾いていた。相変わらず白いブレーザーを着て、襟の折り返しに正義の天秤のエンブレムをつけていた。彼は信じていた。

しばらく沈黙が続き、ついに彼が二つの単語を言った。

私は死ぬ。

みんな死ぬ。

あんたよりも前に死ぬ、と続けた。あんたは町で何を言いふらしている？

エスチリアーノ、おれはもう町には行っていないよ。ここから一歩も出ずに同じ言葉を口にしている。ギリシアの詩だ。あなたが訳したギリシアの詩人だ。未完の訳。

おれはアマゾンと島々を見ながら、その言葉を繰り返した。

彼は首を振ってため息をついた。

無駄な言葉だ、アルミント。

無駄、なぜ？

だって、たとえここから出ていっても、あんたが生きられるような別の町はみつからんよ。たとえみつかったとしても、あんたの町が追いかけてくる。けっきょく同じ道をぶらぶらして、最後はここに戻ってくるだけさ。あんたの人生は、こんな世の片隅で無駄になったんだ。もう遅い。あんたを別の場所に連れていってくれる舟なんかないよ。そんな別の場所なんかない。

エスチリアーノはブレーザーのポケットから血の色をしたガラナの粉を取り出した。少量の粉を口に入れると、噛んで飲みこんだ。

ジナウラとの人生、おれは言った。元気をくれるのはこれだけだ。ジナウラはおれに語ってくれる秘密を持っていた。彼女は信じていた……。

この戦争と飢えと放置の時代に、人はなんでも信じる、エスチリアーノは言った。だが、ジナウラの秘密とやらは……。

封筒をポケットにしまい、おれをじっとみつめた。戸惑うくらいのやさしい目で。なぜならそれはやさしさだけではなかったから。まるでおやじを見ているかのようだったから。そして小声で言った。ジナウラは島に帰ったんだ。

おれは立ち上がって彼に詰め寄った。島？　何のことだ？

とにかく座れ、昂奮するな。どうしても死ぬ前にそれだけは言っておきたかった、そう言った。彼とおやじの秘密だった。だが、彼もすべてを知っていたわけではなかった。

アマンドが政治家との人脈に頼っていたことは知っている、エスチリアーノは言った。あいつは一九一二年の競争に一か八かの大勝負に出て、大手の海運会社に負けた。だが、死んだのはそれが理由じゃない。もうずいぶん前のことになるが、あんたがまだサトゥルノの下宿に住んで、法学部に入るための勉強をしていたころだ。あんたのおやじさんがイギリス人街の屋敷で話したいと言ってきた。ぴりぴりして相当に辛そうだった。すぐにあいつだとはわからなかったくらいだ。孤児の娘をひとり養育している、純粋な慈善活動だと言った。だがその後で、純粋な慈善活動だけではない、そう言って、他言しないでほしいと言った。娘なのか愛人なのかは言わなかった……。そのどちらでもおかしくない歳だった。最初はあいつの娘かと思ったが、その後でちがうと思った。ずっと謎のままだった。あんたのおやじさんにはぐらかされて、悲しい思いをしたのは唯一そのときだけだ。あいつは娘をここに連れてきて、カミナウ修道院長には、この子は代子のひとりで、カルメル会の修道女たちといっしょに暮らすべきだ言った。そして校長にもこのことは秘密にしてほしいと言った。ジナウラが、教会の後ろにアマンドが建てた木の小屋にひとりで住んでいたことは知っている。特権的な暮らしをして、いいものを食べて、おれが本を送ってやっていた。本を読むのが好きだったからね。アマンドの過ちだった。道徳的な過ちだった。だが彼はここに住んで、彼女のそばにいたかったんだ。

ジナウラ……、妹？　おれはほとんど言葉が出なかった。

腹違いだ、エスチリアーノが修正した。か、継母か。そこはわしにもわからん。だからあんたには話したくなかった。もしあいつがわしより先に死んだら、その娘の世話をすると約束した。いまだにあの娘がだれなのかわからん。母親がネグロ川のある島で生まれたことはわかった。ジナウラが、そこに移りたいと手紙を送ってよこしたんだ。ヴィラ・ベーラから出ていきたいとな。ベレンから戻ってきたとき、二日間ここに滞在したことがある。あんたはマナウスにいた。ちょうどエルドラード号が難破したころだ。おれはカミナウ修道院長と話して、ジナウラの力になってやった。

おれらは愛の一夜をともにしたよ、おれは言った。

だから彼女は出ていきたかったんだ。同じ手紙の中で彼女は、あんたたちの物語は小説の中でしかあり得ないと書いてきたよ。

彼女は生きているのか？　その島はどこにある？

エスチリアーノは一枚の紙を開き、マナウスとエルドラードという、二つの単語しかない地図を見せた。

おれはその二つの単語を大きな声で読み、エスチリアーノを見た。

この二つはかつて同義語だった、と彼は言った。植民者らはマナウス、またはマノアをエルドラードと混同した。新世界の黄金を、マノアという水中の町に求めた。それこそが本物の魔法の町だったんだ。

で、地図は？　ジナウラはマナウスにいるのか？　それとも島にいるのか？

彼女はエルドラードという島のある村に引っ越していった、とエスチリアーノは言った。だれかが間違えたのか、悪意かはわからんが、ジナウラは重い持病を持っていたと、カミナウ修道院長に言った。ちがう、あんたのおやじじゃない。彼女が自分で病気持ちだと思い込んでいたのかもしれない。おれには言いたがらなかった。だが、あの娘から言葉を引き出せたのはあんたのおやじだけだ。カミナウ修道院長は承諾した。そして娘は去った。島はマナウスから数時間のところだ。ジナウラはたぶんエルドラードにいるだろう。生きているか、死んでいるか。それはわからん。とにかくおれはこれを秘密にしたまま死にたくなかった。だからここに来た。それからあんたのおやじとの友情のためというのもある。おやじ。その瞬間、おれは考えた。あわれなエスチリアーノ、老いぼれ爺。彼には言った。おれには一銭もないが、この粗末な小屋を売ってでもマナウスと島に行く。

彼はポケットから札束を取り出し、おれの膝の上に置いた。おお神よ、いったいどのくらいのあいだ金を見ていなかっただろう。それから彼は、急いでいる、死ぬために忙しいんだと言った。情けのかけらもない笑みを浮かべた。そして説明した。

自宅と蔵書を寄付するために、登記所で証書に署名をせにゃならん。すべてをヴィラ・ベーラに寄付して、おれの友の願いを叶えてやりたい。あんたのおやじはこの哀れな町に図書館を建てるのが望みだった。その前に死んじまった。

立ち上がり、おれを抱擁した。それがエスチリアーノを見た最後だった。白いジャケットに、サスペンダーのついたズボン、そして古い靴。

運命とは、人生でもっとも予測不能なもの、彼は口癖のように言っていた。ステリオス・ダ・クーニャ・アポストロ。彼は、おれがエルドラードに向かう船に乗っているときに死んだ。コルドヴィウ家の墓に埋葬された。おれはスペインの詩を大切にしまい、いまでも島の地図をだいじにしている。

おれは古い船に乗って行った。ミシシッピ川から来た蒸気船で、アマゾン川を航行した最後の船だった。首からは、フロリッタからもらったアマゾンカワイルカの目をぶら下げ、ズボンのポケットにはおふくろアンジェリーナの写真を忍ばせていた。水面ぎりぎりの三等のハンモックで寝た。ひどい騒音、つながれた鳥や豚、汗と汚物のすっぱい匂い。そして食べ物は残飯だった。そんなことはどうでもよかった。なぜならそれこそがおれの人生の旅、おれが愛した女の手の届かない心への旅になるかもしれなかったのだから。

早朝、船がマナウスに近づきはじめるとおれは操縦室に行き、カテドラルの塔やアマゾナス劇場のドーム屋根を眺めた。イギリス人街の屋敷やサトゥルノの下宿屋、雑貨店のコスモポリッタ、ポルトガル人の倉庫での勤務、マナウス・ハーバー社での仕事を思い出した。エスカダリア港では、艀からゴム乳液が積み下ろされていた。吐き気を催す臭い、積み上げられたゴムのボールはまるでクロハゲタカの死骸の山のようだった。そんなむごたらしい光景が、おれが相続し失った会社から数ブロックのところに広がっていた。埠頭では、第二次世界大戦中にアメリカ人が置いていった遺物を売る物売りらに囲まれた。なにも買わなかった。だれも過去のコルドヴィウには気づかなかった。おれがその行商人らのひとりになっていてもおかしくなかった。違いは、おれがちがう物語を持っていたこと。だが、それがすべてなのではないのか？　復讐と幼稚な快楽のせいで、おれは富をどぶに捨てた。だが、いいか、おれは後悔していない。

おれはベテランの水先案内人に地図を見せ、エルドラード島のある村を探していると言った。

アナヴィリャーナス群島の島のひとつにハンセン氏病患者が住む村があることは知って

いる、彼は言った。パリカトゥーバの居住地から逃げていった病人だ。

それがジナウラが隠していた病気なのか？　おれは破壊された美貌を想像し、デートのときの沈黙を思い起した。水先案内人は憔悴したおれを見て、船に酔ったのかと訊いた。いや、あるとすれば怒りだ。もしジナウラがアマンドの娘だとしたら、もしあいつの愛人だったとしたら、それは二人の物語。永遠の謎。だがおれだってその物語の一部だったのではないか？

小さなランチボートに乗ってマナウスを出港し、午前中の半ばにはアナヴィリャーナス群島の真ったただ中を航行していた。ジナウラに会いたい、こみあげる気持ちに頭が真っ白になっていた。こみあげる思いとボア・ヴィーダの想い出。ネグロ川の光景が、ウアイクラッパを忘れたいという思いを打ち負かした。子どものころの景色がおれの記憶に火をつけた、あんなに昔のことなのに。黒い水とくっきり対照を成す白い砂の縞模様と海岸線。鬱蒼とした密林に囲まれた湖群、潮が引いてできた巨大な池、大陸のような島々。こんな壮大な自然の中でひとりの女をみつけることができるのだろうか？　正午近くにアヌン水道に着き、遠くにエルドラード島が見えた。水先案内人はランチボートのロープを木の幹に括りつけた。それから地図にある通り道を探した。それからさらに二時間以上森の中を歩くのはきつく、たいへんだった。脇道を出たところに、ついにエルドラードの湖が見えた。青みがかった黒い水。夜闇に横たえられた鏡のように滑らかで静かな湖面。これに匹敵する美しさはない。湖岸と森のあいだにはいくつかの木造の家。声ひとつない。アマゾンの孤立した村では必ず見られる子どもの姿もない。鳥の啼き声がいっそう静寂を募らせる。ある藁ぶき屋根の家に、顔が見えたように思った。ドアをノックしたが、返事はなかった。中に入り、おれの背丈ほどの間仕切りで分けられた二つの部屋を捜索した。黒い影が隅のほうで震えていた。そこへ行き、しゃがんで見ると、マディラゴキブリ《バラッタス・カスクーダス》の巣だった。むんむんとしていた。虫の匂いと気味悪さで汗が噴き出した。外には湖と森の壮大な空間。そして静寂。こんなにきれいなところ、エルドラード、そこに住んでいたのは孤独だった。村のはずれに粉挽き小屋をみつけた。犬の鳴き声が聞こえ、水先案内人が森の陰にある一軒家を指さした。ただひとつの瓦屋根の家だった。木格子の柵に囲まれたテラスがあり、小さな階段の横にはブロメリアが植えられた缶があった。そこで音がした。戸口に若い女の顔が見え、おれはひとりで会いに行った。身体を隠したので、そこに住んでいるのかと訊いた。

母さんと住んでいる、そう言うと、彼女は湖の向こうに向けて唇を突き出した。

ほかの人たちはどこ？

死んだか、どっかへ行っちゃったか。

死んだか、どっかへ行っちゃったか？

彼女はうなずいた。そして少しずつ出てきて、最後は全身が現われたが、はにかみと不安で逃げ腰だった。

この家で働いているの？

一日中ここで過ごしている。

もしかして……、ジナウラっていう女、知らない？

少し後ずさり、まるで祈るかのように両手を合わせ、家の奥のほうに顔を向けた。

居間は小さく、ほとんど物はなかった。小さなテーブル、腰かけが二つ、低い本棚は、本でいっぱいだった。エルドラード湖へ向けて開かれた二つの窓。おれは狭い廊下の近くで立ち止まった。部屋に入る前に、水先案内人と娘がおれを見た。何が起こっているのか、これから何が起きようとしているのかもわからずに。

おれはヴィラ・ベーラに戻り、ここに籠った。だが、以前よりもっと生き生きとしている。だれもこの話を聞こうとはしなかった。だから人はいまだにおれがひとりで、おれの気が狂った声とのみ住んでいると思っている。そこへ君がジャトバの木陰で休ませてほしいと入ってきて、水がほしいと言い、辛抱強くこの年寄りの話を聞いてくれた。この炎を心から追い出せて、ほっとした。人は、話すことで、呼吸をするじゃないか？　語ったり歌ったりすると、われわれの苦しみも消えるじゃないか？　いったいいくつの言葉をジナウラに言い、いったいどれだけのことを彼女はおれから聞き出せなかったのだろう？　夕方、シギダチョウが啼いてくれるのを待っている。聞こえるのはその歌だけ。そこでおれらの夜が始まる。君は、まるでおれが嘘つきだと言わんばかりの目で見ているね。ほかの連中と同じ目だ。どうせ君は、この小屋で伝説を聴いて数時間を過ごしたと思っているのだろう？

あとがき

一九六五年のある日曜日、まだアマゾンにテレビがなかったころ、祖父が昼食を食べようと家に呼んでくれた。私はこういう招待を断わったことがなかった。なぜなら祖母が作ってくれたごちそうを食べた後には、祖父がフトモモの木陰でおしゃべりしようと誘ってくれることがわかっていたからだ。といっても実はそれは独り語りで、私が口をはさむのは質問だけだった。あの午後、祖父は、一九五八年にアマゾンの奥地へ旅行したときに聞いたという話をしてくれた。

それは愛の物語で、ほとんどどの文学もそうであるように、そしてときには人生もそうであるように、ドラマチックなバイアスがかかっていた。その話は、アマゾンのある神話。魔法の町の神話を想起させた。

アマゾンの多くの土着民と川岸に住む人々は、昔、川や湖の底には豊かですばらしい町があると信じていた――そしていまも信じている――。社会的な調和と正義の模範があり、人々はそこで魔物として暮らしていると。彼らは水や森の生き物（たいがいはアマゾンカワイルカかスクリ蛇）に誘惑され、川底まで連れていかれ、祈祷師の仲立ちがない限りこの世には戻って来られない。祈祷師の身体や霊が魔法の町まで旅をし、そこの住人と話をして、うまく行けば、再びその人たちをこの世に連れ帰って来られる。

祖父は、何時間もその物語をし、私はそれに、その話術と芝居さながらの身振り手振りにひきつけられて聞き入ったのを憶えている。

数年後、ヨーロッパの征服者や旅行者によるアマゾンに関する報告書を読んで、エルドラードの神話が、アマゾン地方で伝説として流布している魔法の町の変種か別バージョンであることに気がついた。インド・ヨーロッパ文化の神話でありながら、同時にアメリカのインディオやほかの文化の神話でもあるのだ。というのも神話は、文化と同様、旅をし、相互に絡み合うからだ。それらは歴史に属し、集団的記憶にも属する。

祖父が孤児たちの話を語ってくれたとき、私はそれをどこで聞いたのかを訊いた。数年後、アマゾンの中流域に旅をしたときに、言われた町に行って語り部を探した。彼は、祖父が説明してくれたとおりの家に住んでいて、もう自分の歳もわからないほどに年老いていた。彼は自分の物語を語るのを拒んだ。

「その話はもうすでに一度この近辺に来て、おれの話を聞いてくだすった行商人に話したよ。もうわしの記憶は消えて、力もなくなってしまった……」。

謝辞

私はいくつかのインディオの語りの断片とベティ・ミンドリンやカンデース・スレイター、そしてロビン・M・ライトのブラジルのアマゾンの神話に関する本のくだりを自由に使わせていただいた。このフィクションはインディオやインディオの文化に直接触れたものではないが、エドゥワルド・ヴィヴェイロス・ジ・カストロのエッセイ『野生の魂の非一貫性』を読んだことは、アマゾンのトゥピナンバ族を理解し、この小説について構想するのに重要だった。

またこの本の企画に関心を持ってくださり、神話のコレクションの中にこれを入れてくださったキャノンゲート・ブックスの編集者ジャミー・ビイングにも感謝申し上げる。そしてフス・ランナ、サムエル・チタン・Jr、私の友人たちと、いつもながら貴重な提案をしてくださった編集者のルイス・シュワルツ、マリア・エミリア・ベンデル、マルシア・コポーラにもお礼を申し上げる。

オリジナル原稿を読んでくださったほかの友人の方々にも、辛抱強く献身的に読んでくださり、どうもありがとうございました。

訳者あとがき

『エルドラードの孤児』(二〇〇八)は、ブラジルの作家ミウトン・ハトゥンが四作目にしたためた長編小説だ。ハトゥンはこの作品を、スコットランドのキャノンゲート社から依頼され、「新・世界の神話シリーズ」の一冊として執筆した。各国の神話を現代によみがえらせるという同シリーズのコンセプトに従って、ハトゥンが選んだのは「エルドラード」。

アマゾンは神話に包まれている。世界で初めてこの川のほぼ全域を航行したフランシスコ・デ・オレリャーナもエルドラードを夢見て南米にやってきた一人だ。ピサロが率いる部隊の一員だったが、食料の調達のため本隊を離れ、数十人の部下とともに大河を下った。だが、そのまま戻ることなく一五四二年八月、河口に到達した。途中、勇猛な女戦士を目にした彼は、そこがギリシア神話に伝えられる女人族アマゾネスの村だと信じた。一般に、アマゾンという名はそこに由来するとされる。

それ以降もアマゾンは常に夢と野望の的となってきた。『エルドラードの孤児』は、ハトゥンが現代によみがえらせたエルドラード神話伝説である。

ミウトン・ハトゥンは一九五二年、アマゾナス州マナウスに生まれた。父親はレバノンからの移住者で、母親はブラジル生まれだがやはりレバノン系で、小さいころからアラブの文化や言語に親しんで育った。一九六七年、十五歳の時にブラジリアへ移り、そこで高校時代を過ごす。その後、サンパウロ大学で建築学と都市工学を専攻し、一九八〇年には奨学金を得てスペインに留学した。さらにフランスに渡り、パリ第三大学大学院で比較文学を修めている。一九八四年から一九九九年のあいだアマゾナス連邦大学でフランス語・

文学を教授し、その間、一九九六年にはカリフォルニア大学バークレー校でも教鞭をとった。

ハトゥンは、『エルドラードの孤児』（*Órfãos do Eldorado*）のほかに『ある東洋の報告』（*Relato de um certo oriente*, 1989）、『二人の兄弟』（*Dois irmãos*, 2000）、『北の灰』（*Cinzas do Norte*, 2005）の三編の長編小説を出版しているが、実にこれら四編すべてで、ブラジルのもっとも伝統と権威のある文学賞ジャブチ賞（長編小説部門）を受賞している。ハトゥンが現代のブラジルの文学を代表する作家であることに、だれも異議を唱える人はいないだろう。近年のジャブチ賞は各年の優れた三作品に贈られ、『ある東洋の報告』と『北の灰』は最優秀賞を獲得し、『二人の兄弟』は第三位に、『エルドラードの孤児』は二位に選ばれた。『北の灰』では、それ以外にもポルトガル・テレコム賞など四つの賞を獲得しており、ハトゥンは〝賞の蒐集家〟との異名もとっている。

二〇〇九年に短編集『孤立した町』（*A cidade ilhada*）、二〇一三年にエッセイ集『監視する隠遁者』（*Um solitário à espreita*）を出版している。『エルドラードの孤児』は、二〇一五年に映画化され（ギリェルミ・セザル・コエーリョ監督）、『二人の兄弟』は二〇一七年にテレビドラマ化されている。

ハトゥンの文学は、その生い立ちの影響もあって、アラブ文化の色が濃厚である。デビュー作『ある東洋の報告』は、あるレバノン系ブラジル人の女性がほぼ二十年ぶりに生地マナウスに戻り、偶然出合った養母の死を軸に過去を振り返り、それを遠くバルセロナにいる兄への手紙としてしたためる話だ。ほかの人たちの語りも引用され、それぞれの話が互いの証言の空隙を埋め、多様な観方が提示されている。熱心なカトリック信者である養母とイスラム教の夫との不協和音など（ちなみにハトゥンの父親はイスラム教徒で――といっても、ハトゥンはそれを十二歳のときに初めて知ったらしい――母親はカトリック教徒だという）、異なる宗教や文化や言語間の不和や緊張が描かれる。複数の言語と文化の中に生きる移住者ならではの家族のドラマだ。

『二人の兄弟』で描かれるのも、やはりレバノンからブラジルのマナウスに移住してきた家族に渦巻く愛憎のドラマだ。犬猿の仲であるヤコブとオマールの軋轢が使用人の子どもナエウの目を通して語られる。実はこのナエウは父親がだれかを知らない。対照的な二人を見る目は、実の父親探しの視線でもある。

『北の灰』の舞台は、一九六四年の革命後の軍政期のマナウスだ。やはり二人の人物の微妙な関係を軸に物語は進められるが、この小説の二人は、肉親ではなくムンドとラヴォという友人同士である。ムンドは裕福な家の出で画家を志望し、社会の変革のために戦うことをめざし、家庭が貧しく両親もいないラヴォは順応主義で弁護士になる。安定か変革か、ハトゥンの作品の中でもっとも政治色が強い作品である。

『エルドラードの孤児』を含め、どの小説においても存在感を放っているのが、ハトゥンの生地でもあるマナウスだ。マナウスは、大西洋に面したアマゾン川の河口から約一五〇〇キロのところにあり、人口が約二百万人の大都市だ。アンデス山脈から流れてくる茶色に濁った本流（ソリモンィス川）と、コロンビアの密林を流れてくる黒味がかったネグロ川がちょうど合流するあたりに位置している。市に制定された一八四八年当時は、わずか三千人しかいなかった小さな町が、現在の大都市になるまでには、二つの大きな契機があった。一つは、十九世紀後半から二十世紀初めにかけて起こったゴムブームで、もう一つは一九六〇年代、軍政期にブラジル政府がとった工業誘致政策だ。アマゾン奥地の開発を図る目的で、税の優遇措置のあるフリーゾーンが設けられ、これにより世界各国から多くの企業が進出し、工業発展を遂げた。日本からも多くの企業が進出している。ハトゥンは、作品の中でこのいずれをも扱っている。『北の灰』は後者、そして前者を重要な時代背景としているのが、ここに訳出した『エルドラードの孤児』である。

アマゾンのゴムブームは十九世紀後半に興った。一八五〇年以降にヨーロッパで自転車や自動車の利用が拡大し、世界的にゴムの需要が高まった。これにより自生のゴム樹の資源が豊富だったブラジルは一躍一大ゴム産出国となり、マナウスは輸送の要衝都市としてゴム産業の国際的な中心地になった。つい最近まで村同然だったマナウスでは、イギリスの技術によって街路網、電気、電信、上下水道などのインフラ整備が図られ、世界各地から人、物、金が集まった。街には、空前のゴム景気によって生まれた富で、多くの豪奢な建物や邸宅が建ち並んだ。当時のマナウスがいかに先進的な町だったかは、市電がリオデジャネイロとサルヴァドールに次いでブラジルで三番目（南米では四番目）に導入されたことからもわかるだろう。マナウスでは一八九九年、サンパウロでは一九〇〇年に敷設されている。映画「フィッツカラルド」でも知られる密林の中で異彩を放つアマゾナス劇場が、資材をヨーロッパから輸入して建てられたのもこの時代であった。一八九七年には、マナウスとリバプール間に、蒸気船による大西洋横断定期航路が開設されている。

だが、いかんせんブラジルのゴム採取の方式は初歩的すぎた。ゴムの樹が群生しているところをみつけては採取するという偶然性に頼る原始的なもので、将来の展望も計画性もなかった。このためアジアでゴム生産が高まると、たちまちとって代わられてしまう。もともとアジアでゴムは生産されていなかったが、その三十年前にブラジルから持ち出され導入されたゴム樹の種子が成長し、セイロンやマレーシアではそれを用いて、大々的で合理的な経営による大きなプランテーションが生み出されていたのだ。これによりマナウスはいっきに斜陽化し、輸出量も一九一二年をピークに転落の一途をたどる。歓楽街からは明かりが消え、昨日までの富豪も会社を身売りし、財産を売り払って命をつなぐしかなかった。

だが、アマゾンのゴムはもう一度、一時的に息を吹き返す。第二次世界大戦中に日本がマレー半島に侵攻したため、アジアのゴム生産がほとんどストップしたからだ。ゴムは航空機や戦車の生産には不可欠な軍需物資で、イギリスやアメリカが再びアマゾンにゴムを依存することになったのだ。アメリカの当時のルーズベルト大統領は、アマゾンのゴムの再生産プロジェクトに着手し、アマゾナス州へ大きな補助金を投入する。マナウスにはゴム関連の銀行や開発会社が設立され、アメリカ文化があふれかえった。だが、終戦とともにこの第二次ゴムブームも終焉を迎え、マナウスは再び陸の孤島と化した。フリーゾーンの制定はその対応だったのだ。

さて『エルドラードの孤児』では、ゴムブームに乗って財を築きながら、一九一二年に決定的な競争に負けて急死したアルマンド、何の展望もなく、また人生設計もたてることなく、ただ根拠薄弱の夢を追い求めて親の財産を食いつぶしてしまったアルミントの生きざまが描かれている。語り手は、すでに時の感覚を失い、日もわからなくなっている隠遁老人という設定で、記憶に頼る彼の語りは、たしかにしょっちゅう話が前後するし、年号よりもむしろ月への言及が多く、一見そこに流れている時間は円環的で、線状性は乏しく映る。だが、過去の記憶となると鮮明で、ところどころで語られる時代背景や証言を紡いでいくと、そこからはみごとにアマゾンのゴムの歴史が浮かび上がってくる。

『エルドラードの孤児』には、マナウスのほかにもうひとつヴィラ・ベーラという町が舞台として登場する。作品の中で言及されるハモス水道、アンジラ川、マムル川といった川や水道の名前やそれらの位置関係から見るに、それは現在のパリンチンスがモデルである。ちなみにパリンチンスは、旧名をヴィラ・ベーラ・ダ・インペラトリスといった。

パリンチンスではいまも、この小説に出てくるカルメル山の聖母祭が七月十六日に盛大に祝われているが、今日のパリンチンスといえば、何はさておき、毎年六月二十八日から三十日の三日間にわたって開かれる「世界最大の野外オペラ」こと「ボイ・ブンバ」が有名だ。「ガランチード」と呼ばれる紅組と「カプリショーゾ」と呼ばれる青組の二つのチームが、インディオの衣装をまとい歌や踊りを三夜にわたって競い合う。実はこの祭りはこの土地の土着のものではない。もともとは北東部の起源で、キリストの生誕を祝って厩を訪れた東方の三博士の来訪を記念する公現祭に演じられた民俗劇「ブンバ・メウ・ボイ」がベースにある。現在、ブンバ・メウ・ボイは、北東部以外のブラジルの各地でも見られ、ストーリーにもいろいろなバージョンがある。もっとも一般的なのは、ある奴隷の女が子を身ごもり、牛の舌を食べたがった。夫は妻の希望を叶えるべく主人の牛を殺してしまったが、当然つかまってしまう。そこで祈祷師の力を借りて復活させたというものだ。牧畜が盛んだった北東部ならではの文化である。

ならば、なぜその北東部の文化が現在の北部の名物になっているのか。その原因もゴムブームにある。すでに述べたように十九世紀の後半、ゴムの需要は急速に増大したが、人口の少ないアマゾン地域には、それに応えられるだけの労働力はなかった。そこへ一八七七年から七九年に北東部で大干ばつが起こる。結果、多くの人がアマゾンへ流れ込んだ。北東部からの移民はそれ以降も、第二次ゴムブーム時も含めて絶えることなく、一説では北東部からは三十万人が流入したという。「ボイ・ブンバ」はそうした人々によって持ち込まれたものなのだ。当初は路上で演じられていたが、一九六六年からは「パリンチンス・フォルクローレ祭」として開催されるようになり、それとともにインディオの文化やアマゾンの自然など地元の要素がテーマとして組み込まれていった。現在では世界の各地から大勢の観光客を集めている。

ゴムブームに沸くアマゾンをめざしたのは国内からだけではない。海外からも多くの人が押し寄せ、中でも多かったのがシリアとレバノンだった。実はハトゥンの祖父もその一人で、ブラジルのゴムブームに惹かれ、二十世紀の初めにアクレに渡った。リオブランコでしばらく行商に従事した後、再びベイルートに戻っている。そして、ベイルートでアマゾンの話を聴きながら育ったハトゥンの父親もまたアマゾンに興味を抱き、ブラジルにやってきたのだった。九年間アクレに滞在した後、一九四九年にマナウスに移ったという。

ちなみにアクレがブラジル領土になったのも、ゴムが原因だった。十九世紀にはまだボリビアの領土だったが、ゴムの需要が高まりブラジルから多くの入植者が進出し、ボリビアがそれに対し課税などの措置をとったために、入植者たちが反乱を起こし、アクレ共和国として独立を宣言した。それにボリビアは対応できず、交渉の末、ブラジルが購入してブラジル領土になった。これを題材に、やはりマナウス生まれの作家マルシオ・ソウザが小説『アマゾンの皇帝』を書き、邦訳もされている（旦敬介訳、弘文堂）。

ところで『エルドラードの孤児』の中に「オヤマ」という日本人が出てくる。アマゾンの密林の中になぜ日本人が、と唐突に思った方がいるかもしれない。だが、これは偶然でも絵空事でもないだろう。当時、パリンチンス近郊には実際に日本人の開拓地があり、そこにオヤマという人物もいたのだ。もちろんだからといって、その人物がそのオヤマだとは言えないが、念頭におかれた可能性はある。

二十世紀の初め、先述したようにゴム産業がアジアにとって代わられると、アマゾン地域は産業を失い、アマゾナス州とパラ州は開発のために移民の導入を図った。一方、日本国内では不況や人口過剰や失業問題などの解決のため、海外移住が奨励されていた。だが、折しもブラジルでは、アメリカでの日系人移民排斥運動が波及して「黄色人種入植制限法」が提出され、日本人がサンパウロに集中するのを避ける必要が生じていた。そのため移住先の可能性のひとつとして探られたのがアマゾンだった。

こうした背景の中で、一九三〇年、アマゾンに産業を根づかせるための大プロジェクトが開始する。当時のブラジルは、コーヒー豆など農産物の輸出のために麻袋が欠かせなかったが、その原料であるジュートはブラジルでは栽培が不可能だとされ、もっぱらインドからの輸入に頼っていた。そのジュートの栽培をブラジルで成功させようとしたのだ。当時の衆議院議員の上塚司らは、パリンチンスから下流に数キロのところの土地を獲得し、そこに「ヴィラ・アマゾニア（アマゾン村）」を開いた。そこはウアイクラッパ、アンジラ、マムルなど七つの川の合流部で、船の寄港や物品の集散に適していたのだ。そして「アマゾニア産業研究所」を設置し、ジュート栽培の研究を始めた。気象観測所、病院、実業練習所、農事試験場、職員宿舎のほか、売店、病院、運動場も設けられ、まさに理想郷がめざされた。「八紘会館」という式道場に似た神殿造りの建物もあった。

そして日本からは、アマゾニア開拓の指導者養成機関として設立された国士館高等拓殖学校（後に日本高等拓殖学校に校名を変更）で専門教育を受けた、アマゾン開拓に大志を抱く若者たちがやってきた。いわゆる"kotakusei"（高拓生）らだ。彼らは、一九三一年に到着した第一回生から一九三七年の七回生まで約二五〇名、その家族を合わせれば四百名余りにのぼる。

そしてついに一九三三年、上塚らの期待に応え、高拓生の一人がアマゾンでの栽培に適した種子の採取に成功する。その人物こそが尾山良太である。それはインド産に劣らぬ品質と保証され、「尾山種」と命名された。この後、日本人が先鞭をつけたジュート栽培は、アマゾンの主要産業に発展した。ところが第二次世界大戦がはじまると日本はブラジルにとって敵国となり、アマゾニア産業はブラジル政府によって接収されてしまう。

だが、日本人のアマゾン地域への貢献はいまも称えられ、パリンチンスには二人の名を冠した「市立ツカサ・ウエツカ小学校」や「州立オヤマ・リョウタ小学校」がある。日本人によるアマゾンの開拓については、角田房子によって『約束の大地』（新潮社）に小説化されているほか、自身も高拓生であった安井宇宙による『アマゾン開拓は夢のごとし』（草思社）に詳しい。余談になるが、安井によれば、マムル川とウアイクラッパ川の合流点に、パウローザの香水工場があり、そこにはフランス人の娘「金髪で空色の瞳の美女」がいたらしい。もちろんそれがそのまま作品に反映されているわけではない。

また、ヴィラ・アマゾニアは『北の灰』にも登場する。

アマゾンは、いまも一攫千金を夢見る金鉱採掘人《ガリンペイロ》たちをおびき寄せている。まさに魔物の住む永遠のエルドラードなのかもしれない。

本書は底本に、*Órfãos do Eldorado 6ª reimpressão*, Companhia das Letras, 2008 を使用し、必要に応じて、英訳の *Orphans of Eldorado*, Translated from Portuguese by John Gledson,

Canongateを参照した。翻訳にあたっては、ブラジルまたはアマゾン特有の語彙については、意味を本文中に組み込めるものは、極力そのようにし、どうしても特別な説明が必要な場合にのみ、訳註を付した。

最後になったが、日本ではなかなか陽があたらないブラジルの文学に着目し、期待をかけこのシリーズ〈ブラジル現代文学コレクション〉の創設の機会をくださった水声社の社主、ならびに本書を担当してくださった後藤亨真氏には心より感謝申し上げる。またここに至るまでには本当に多くの方々に指導と叱咤と激励をいただいた。その方々全員に感謝の意を表する。

二〇一七年八月二十日

武田千香

著者／訳者について——

ミウトン・ハトゥン（Milton Hatoum）　一九五二年、アマゾナス州マナウスに生まれる。小説家。サンパウロ大学で建築学と都市工学を専攻。一九七〇年にスペインに留学し、その後渡仏。パリ第三大学大学院修了。一九八四年から一九九九年までアマゾナス連邦大学にてフランス語・フランス文学を教授。一九九六年にはカリフォルニア大学バークレー校で教鞭をとる。主な著書に、『とあるアジア人の報告』（*Relato de um certo Oriente*, 1989）、『二人の兄弟』（*Dois irmãos*, 2000）、『北の灰』（*Cinzas do Norte*, 2005）などがある。著作の多くで文学賞ジャブチ賞を受けている。

武田千香（たけだちか）　神奈川県に生まれる。東京外国語大学大学院教授。専攻、ブラジル文学・文化。主な著書に、『千鳥足の弁証法』（東京外国語大学出版会、二〇一三年）、『ブラジル人の処世術』（平凡社、二〇一四年）、主な訳書に、シコ・ブアルキ『ブダペスト』（白水社、二〇〇六年）、J・アマード『果てなき大地』（新潮社、一九九六年）、マシャード・ジ・アシス『ブラス・クーバスの死後の回想』（光文社、二〇一二年）、マシャード・ジ・アシス『ドン・カズムッホ』（光文社、二〇一四年）などがある。

装幀――宗利淳一

本書の出版にあたり、ブラジル文化省・国立図書館財団の助成金を受けた。

Obra publicada com o apoio do Ministério da Cultura do Brasil/Fundação Biblioteca Nacional.

MINISTÉRIO DA CULTURA
Fundação BIBLIOTECA NACIONAL

エルドラードの孤児

二〇一七年一〇月三〇日第一版第一刷印刷　二〇一七年一一月一五日第一版第一刷発行

著者――ミウトン・ハトゥン
訳者――武田千香

発行者――鈴木宏
発行所――株式会社水声社
東京都文京区小石川二―七―五　郵便番号一一二―〇〇〇二
電話〇三―三八一八―六〇四〇　FAX〇三―三八一八―二四三七
郵便振替〇〇一八〇―四―六五四一〇〇
URL : http://www.suiseisha.net
［**編集**］横浜市港北区新吉田東一―七七―一七　郵便番号二二三―〇〇五八
電話〇四五―七一七―五三五六　FAX〇四五―七一七―五三五七
印刷・製本――精興社
ISBN978-4-8010-0291-3

ブラジル現代文学コレクション

老練な船乗りたち　ジョルジ・アマード　高橋都彦訳　次回配本
家宝　ズルミーラ・ヒベイロ・タヴァーレス　武田千香訳
あけましておめでとう　フーベン・フォンセッカ　江口佳子訳
九つの夜　ベルナルド・カルヴァーリョ　宮入亮訳
ある在郷軍曹の半生　マヌエル・アントニオ・ジ・アルメイダ　高橋都彦訳